小説・最後の大老

河野愉一

郁朋社

小説・最後の大老／目次

装丁／宮田麻希

小説・最後の大老

（一）万延元年から文久元年（１８６０～６１）

当人にすればまさに青天の霹靂《へきれき》だっただろう。五千石の旗本、酒井仁之助《じんのすけ》は突如として十五万石の大名、姫路藩主の地位を相続することになった。姫路藩主は酒井家本家の当主が務めている。仁之助の家は同じ酒井家でも分家である。血縁であるが家格には大きな開きがあった。

万延元年（１８６０）十月十四日、姫路藩主・酒井忠顕《ただてる》が死去した。そのとき、忠顕の嫡子・稲若《いなわか》はまだ三歳だった。姫路藩では後継者が幼いと転封になるという前例があったので、分家の中から養子を取ることが考えられ、旗本・酒井仁之助がその候補となった。

酒井家の本家は徳川幕府最古参の大名の一つで、中でも家格の最も高い譜代筆頭として代々、老中を輩出してきた。また、井伊、土井、堀田とともに大老四家に数えられ、それまで忠世、忠勝、忠清の三人が大老を務めている。寛延二年（１７４９）、酒井忠恭《ただずみ》が姫路藩に封ぜられた。以後、代々酒井家は姫路藩主を務め、忠顕は忠恭から数えて七代目にあたる。

仁之助の相続にあたり、姫路藩の家臣団は初代・忠恭から続く血筋を残すことを考え、稲若を順養子、つまり成人後に家督相続者とすること、さらに稲若にもしものことがあった場合は三宅赳若《たけわか》（忠顕の実弟）を養子にする、という条件を付けた。

仁之助は文政十年（１８２７）、旗本五千石、酒井忠誨《ただのり》の長男に生まれ、この時三十四歳で、百人組頭を務めていた。仁之助の家の祖は、大老・酒井忠清の弟・忠能《ただよし》である。この降って湧いたような相続話を、当の仁之助は一度断っている。突然の話に戸惑ったことは想像に難くないが、血縁があるとは言え、家格のあまりに大きな違いに引け目を感じたか、あるいは継嗣を自分で決められないような条件付きの相続の煩わしさを嫌ったか。

しかし本人の意志などよりも家の存続が何にもまして大事と最優先に考えられた時代である。姫路藩家老・高須隼人、内藤半左衛門らに説得されて相続は成立し、仁之助は忠績《ただしげ》と改名し、この年、十二月九日、第八代姫路藩主の座に就いた。

忠績が本家の相続を逡巡したのは、家格の違いなどによる重圧ばかりではなかっただろう。酒井家本家の当主となれば幕閣の中枢に座ることになる。幕政を担うだけの知識も経験も、当然その自信も忠績にはなかった。平穏な時代であればそれでもよかったかもしれない。しかし時代はかつてない混迷に陥っていた。

忠績が跡を継いだこの年は、安政七年として始まり、三月三日に大老・井伊直弼が「桜田門外の変」で横死し、三月十八日に改元されて万延元年となった（改元された年は元日にさかのぼり新しい元号となる）。忠績が目の当たりにすることになったこの時期の政局は、井伊政治の後始末に追われる幕府の姿だった。

忠績はその年の内には大手門前にある姫路藩上屋敷に居を移した。年が明け（万延二年は二月十九日に文久に改元）、五カ月、百五十日にわたる養父・忠顕の喪が明けると登城し、三月二十二日、雅楽頭《うたのかみ》となり溜詰（溜間詰）を拝命した。

溜間は、江戸城内の大名の控えの間の一つ。将軍の拝謁を待つ大名の控席（伺候席、詰所とも言う）には、親藩の詰めた大廊下を始めとして、大広間、溜間、帝鑑間、柳間、雁間、菊間、広縁の七つの部屋があり、どこに控えるかは、大名の出自や官位によって定められた。溜間には、会津藩松平家、彦根藩井伊家、高松藩松平家が代々詰めた他、永年老中を勤めた大名が詰めることがあった。儀式の際には老中より上席に座るなど格式は高かった。また重要事については幕閣の諮問を受けることになっており、幕政への発言権もあった。溜詰とは待遇を表すばかりでなく、役目のような意味合いも帯びていた。ただ、初期には四、五名だった溜詰も幕末期には十数名に増えており、その機能も形骸化していたようである。忠績が溜詰を拝命したのは家柄に相応しい待遇と言えるが、いまだ傍観者の立場だったとも言えるだろう。

忠績は旗本酒井家から家臣を一人、用人として連れてきた。杉野市太郎という。先代から用人として仕えてきた杉野市左衛門の息子である。市太郎は学問好きで、小さい頃から府内の学者の門を叩き、儒学、国学を学び、それればかりでなく関心が起これば蘭学も積極的に学んだ。そのため塾生仲間の間では変わり者と見られていた。しかし忠績とは気が合い、まだ三十歳前だったが、その学識にも一目置いていた。が、それよりも忠績にとって気の置けない、話しやすい人間だったことが、見知らぬ世界である酒井家本家に行く忠績には頼りに感じたのだろう。

初登城し、溜詰となってから数日後、市太郎を前に、忠績は話し込んでいた。

「久世《くぜ》様、安藤様は何故あそこまで朝廷の言いなりになっているのだ」

とボヤキに近い言葉を漏らした。

大老・井伊直弼の死後、幕府の政権を担った老中首座・久世広周《ひろちか》と老中・安藤信正は、朝廷に対して大きな譲歩を余儀なくされていた。久世・安藤政権は、朝廷と幕府の一体化を図る公武合体政策によって、井伊政権時代に破壊された朝廷との関係修復を図るとともに、幕府の権威回復を狙った。その重要な一手として皇女・和宮と将軍・家茂との婚儀を進めていた。

和宮降嫁は井伊政権時代から進められていた政策であり、もともとは幕府の主導の下で朝廷を取り込むことが目的だったが、今は交渉の上での朝廷と幕府の立場は入れ替わっていた。全てが朝廷が上位に立った交渉となり、孝明天皇は、攘夷の実行を条件に和宮の降嫁を承認し、久世・安藤政権は（七、八年乃至）十年の猶予を求めつつ、その条件を受け入れたのである。ここで言う「攘夷」とは破約（条約破棄）である。その結果、一方で（諸外国に対して）開国を目指しながら、一方で（朝廷に対して）攘夷を約束するという板挟みの状態を自ら抱え込むことになった。

黒船来航の頃から、未曾有の国難に対して人心を一致させ挙国一致の体制を築くことが主張された。この「挙国一致」はその後も合言葉のようになってゆくが、阿部正弘政権の時は、諸藩、とくに有力諸侯の意見を徴して幕政に活かす方法が採られた。しかしこの時期になると、朝廷と幕府の一致協力、すなわち公武合体が挙国一致の方法となっていた。それは見ようによっては、幕府が朝廷の力にすがっているようにも見えた。

忠績がこの時期の政局（に混乱をもたらした原因と経緯）を、どこまで十分に理解していただろうか。

旗本時代の忠績（酒井仁之助）が組頭を務めた百人組とは鉄砲隊百人組のことで、二十五騎組、伊賀組、根来《ねごろ》組、甲賀組の四組からなり、各組百人ずつの鉄砲足軽が配されたので百人組と称された。その組頭は三千石以上の旗本が務めた。五千石取の忠績は旗本（幕臣）の中でも、最も高い部類の家格である（家禄三千石以上は俗に「高の人」と尊称された）。分家とはいえ、酒井家は譜代最古参の一つであるから、旗本の中でも家格が高かったのは当然だったと言えるだろう。参考までに『江戸の旗本事典』（小川恭一著）によれば、寛政十年（1798）における旗本の総数は五千家余りで、そのうち五千石以上は百家余りである（2%ちょっと）。

しかし一方、幕府の職制は番方（武役）と役方（一般職）とが混ざっており、そもそも徳川家の制度は軍事優先の序列で役方行政職は低位だった。旗本時代の忠績は、軍人としての格は高くとも、（例えば奉行などの）行政の実務に関わった経験はない。

政治情勢についての認識や理解が覚束ない時、しばしば忠績は市太郎に問うた。彼は年の若さには似合わぬほど、政情に通じていることがあった。

市太郎は蘭学、国学を学ぶ塾で、他藩の藩士と交流する機会があった。彼らからもたらされる話は市太郎にとって各地の情勢を知るのに有益だった。彼が通う塾には、大身《たいしん》の旗本から小普請組など事実上無役の御家人まで幅広い身分の子弟が塾生でいることがあり、また、幕臣に限らず各地各藩の家臣の子弟が江戸に遊学していることもあった。身分・地域が多様な塾生が在籍していることがあり、そうした人間は将来それぞれに中核を担う人材として期待されて遊学していることが多く、彼ら自身もそれを自覚して学問ばかりでなく、政治情勢にも敏感だった。彼らと語り合い、情報交換をすることは、市太郎にとっても有益だったに違いない。

「条約を結ぶのに何故勅許を得る必要があったのだ」

と、忠績は市太郎に向かって素朴な質問をした。

今日の政情不安の原因が条約の問題にあることは誰でも知っていただろう。が、これから幕閣の末席を占める者として、最も基本的な問題を曖昧な形ではなく、少しでも精確な内容を知っておきたかったのだろう。

嘉永六年（１８５３）に、アメリカの東インド艦隊司令長官兼遣日特使、マシュー・ペリーが率いる艦船四隻が、日本に来航して開国を迫り、翌安政元年に日米和親条約を結んだ。（その後、安政二年までの間に、英、露、蘭との間に和親条約を締結。）

アメリカはさらに二年後の安政三年（１８５６）、日米修好通商条約を結ぶために、タウンゼント・ハリスを初代駐日領事として派遣した。幕府は朝廷の勅許を求めて、老中・堀田正睦《まさよし》を上京させたが、条約締結の勅許を得られなかったところから政局の混乱が始まり、大老・井伊直弼が勅許を得ぬまま条約の調印を強行したために混乱がさらに大きくなった。

しかし何故朝廷の勅許が必要だったのか。凡そ二百年前、寛永十六年（１６３９）にポルトガルの入港を禁じた（以後を「鎖国」と言う）のは幕府である。長崎の出島に限ってオランダとの国交を許したのも幕府である。清国、朝鮮とのことは言うまでもない。新たにアメリカと国交を開くなら、幕府が決めればよいことではないか。勅許など求めるから混乱が起きたのではないか。そのように素朴に考えた人間は少なくなかったのではないか。

「初めはほんの形式に過ぎませんでした。朝廷の御心を安んじ奉るための配慮でございました」

市太郎はそう答えた。

異国船が日本近海に頻繁に出現するようになった弘化三年（1846）、孝明天皇は、幕府が異国船に対して適切に対処するよう求めた。これは対外問題について勅を下した初めての事例だった。あるいはそうせざるを得ない未曾有の事態と、天皇は感じたのかもしれない。それに対して、幕府は異国船に関する状況を丁寧に報告するという対応を取る。ペリー来航に際して朝廷は武家伝奏を江戸に派遣したが、それに対しても、天皇の希望に沿うよう取り計らう旨の親切な奉答をする。いずれも、天皇の御心を安んじ奉るための（皇室の意向を尊重する形での）対応だったが、それは、宮中の奥に鎮座まします、物言わぬ天皇に対して、それまでの伝統的な姿を想定してのものだった。実権がないとはいえ、地位・身分としては上位者からのお達しには答える義務はあった。その結果、日米和親条約の締結には形式的な（と幕府が考えていた）手続きではあったが、天皇の了承を得るという手順を踏んで締結に至ったのである。

「そもそも何故、天皇が幕政に口を挟むようになった」

「何より帝《みかど》のお人柄によるものでしょう。かの光格帝《こうかく》のお血筋ですから」

禁中並公家諸法度以来、天皇は宮中の奥に鎮座ましまして政に口など出すものではない存在というのが幕臣の認識だったろう。そして忠績の常識でもあった。しかし江戸時代の歴史を通じて常にそれで収まっていたわけではない。近くは、寛政時代に光格天皇が朝廷の権威の拡大を企て、ついには「尊号事件（※寛政年間、光格天皇が実父の〈皇位についていない〉典仁親王に太上天皇の尊号を贈ろうとして、江戸幕府に拒否された事件）」に発展したことがある。しかしこの時代は朝廷の対応に苦慮することはあっても、それが幕政の再検討や方向転換を迫るほどのものにはならなかった。

孝明天皇は光格天皇の孫に当たる。異国船問題に初めて勅を発したのも孝明天皇に祖父譲りの強い個性があったからだろう。だがそれが外交問題に対しての発言だったのは天皇の個性ばかりとは言えない。永年、異国との交流を絶ってきた日本に、俄かに迫ってきた異国は朝廷でも脅威に感じられた。異国からの防衛についての不安、幕府の対応への不満と相まっての発言となったのだろう。しかし、繰り返すが、それが幕府の体制を揺るがすまでには至らなかった。孝明天皇も結果的には日米和親条約の締結を幕府の意向通りに了承したのである。

「それが何故無視出来ぬ、幕府を揺るがすまでになってしまったのだ」

忠績が最も知りたかったのはそのことだったろう。さすがに市太郎もしばらく考えていたが、声をやや低く潜めて、

「一つには、やはり水戸様の動きによるとしか……」

日米和親条約を承認したとはいえ、孝明天皇が本心では異国との交渉に拒絶反応を感じていたのは間違いない。そして幕府の側にも天皇に劣らず条約に反発していた人間がいた。攘夷論者である前水戸藩主・徳川斉昭《なりあき》である。

安政三年、米国からハリスが来日し、通商条約に向けて動き始めた。幕府も通商関係の樹立に向けて態勢を整えつつあった。幕閣は通商の開始が世界の情勢に鑑みて必然の趨勢と考えていた。そのためには祖法（鎖国）を変えることも必要だと、幕府内の合意も形成されつつあった。しかし、これに強硬に反対したのが斉昭だった。

斉昭は密かに一連の情報を朝廷に(自分の意見とともに)書簡で知らせる。これは当然、天皇を刺激し、攘夷への意思を固めさせることになった。

(大名が幕府を超えて直接朝廷と結びつくことは幕藩体制に於いて固く禁じられていたことである。斉昭の動きを察知した幕府は、斉昭の政務参与を免じた。)

孝明天皇にすれば、己と意見を同じくする者が武家に中にもいると知って、力を得た思

いだったかもしれない。（あるいは、逆に、幕閣の中で意見の一致が見られていない、それどころか老中の意向に強硬に反対し、直接朝廷に訴える者がいることに、不安、危機感を感じたかもしれない。）

その時から、天皇は形ばかりの権威ではない、主体的な存在として動き始める。つまり幕閣と斉昭の対立がそのまま京都に持ち込まれた形になった。

ただ、天皇の意思が明確だからといって、それが直ちに朝廷の決定になるわけではない。朝廷としての意思は朝議によって決定され、江戸時代、関白――議奏・武家伝奏のラインが朝議をリード（事実上ほぼ独占）していた。特に関白の発言権が大きかった。また幕府との折衝は、（所司代、禁裏付を通じて）武家伝奏――関白が担っていた（事実上委ねられていた）。

当時、朝廷では太閤（前関白）・鷹司政通《たかつかさまさみち》が大きな権力を持っていた。安政三年に三十年以上務めた関白を辞したものの、内覧の職を保持し、依然として影響力は衰えなかった。また太閤は和親条約の時から開国論者だった。

天皇は太閤に対抗すべく、意見を同じくする関白・九条尚忠との関係を強める。同時に一方で、意見を諮問する公家の範囲を（参議以上に）拡大した。これによって、公家は天皇の意思を知り、同時に天皇は公家らの意見（つまり敵・味方）を知ることになった。但し、意見がはっきりしていたのは僅かだった。多くは、定見があるわけではなく、所司代が「人心折り合い」と伝えたことにつられて、「三家以下諸大名の意見を聞いた上で判断」との意見が大半を占めた。面白いことに、これが最終的な勅書の骨格にもなった。

安政五年（1858）二月、老中・堀田正睦が条約締結の勅許を得るために上京したのはそのような状況の中だった。（朝廷の状勢は変わっていた。）

「堀田様が軟弱だったと非難するものが儂の周り（旗本連中）にもいたが」

「そうお考えの方は少なくなかったようです。堀田様ご自身も、京に着くまではさほど難しいお役目とは思っていらっしゃらなかったでしょう」

堀田らが楽観していたのは故なきことではない。太閤・鷹司政通が味方（開国論者）であることは分かっていたし、また、事前に議奏、武家伝奏らに国際情勢、開国の必然性を説き、武家伝奏の東坊城聡長《ひがしぼうじょうときなが》などは納得したと言われている。

しかし、二月二十一日の朝議では、公卿の多数意見通りの結論が出た。すなわち「三家以下諸大名の意見を聞いて云々」。つまりこの場での決定は出来ないということである。翌二十二日に太閤が御所に乗り込むが意見は覆らなかった。

堀田らは巻き返しを図り、関白・九条尚忠の説得に当たる。やはり海外（世界）に視野を向けることと、通商条約の必然性を説き、関白も理解を示した。そして幕府に一任する旨の勅書が用意された。

そのような関白の態度に対し、（天皇の意思を知った）公卿たちから反発が起き、関白はそれらを封じ込めようとしていた。しかし三月十二日、八十八人の公家が御所に集まり、一任する文面の削除を要求した。

三月二十日に下された勅答は、天皇の意思を踏まえ、三家以下諸大名の意見を徴して評議し再度天皇に伺うようにとの趣旨だった。こうして堀田は勅許を得ることに失敗した。

堀田が帰府した三日後の四月二十三日に、重要人事が発令された。彦根藩主・井伊直弼が大老に就任した。井伊直弼が歴史の表舞台に登場した。

これは堀田の留守中に、江戸城内で一種のクーデターが起こった、と言うより、政争の決着がついた結果である。

実子のなかった十三代将軍・家定の継嗣、つまり次期将軍に一橋慶喜を押す一橋派と、紀州藩主・徳川慶福《よしとみ》を押す南紀派との争いがあった。その結果、南紀派が勝ちを収め、慶福（後の家茂）を推した井伊直弼が大老になった。

この年七月六日、将軍・家定が死去し、十月二十五日に、家茂は第十四代将軍に就任する。十二月朔日には勅使が江戸に下り、将軍宣下の規式が執り行われた。（幼少であることから、家定の遺命として、田安慶頼《たやすよしより》が将軍の後見となった。）

井伊直弼が登場してからの政情は、さすがに忠績も鮮明に記憶している。

政権を掌握した井伊は、（条約問題で滞った）幕府の主導権を取り戻そうと、強引な手を打ち始めた。六月十九日には勅許を得ぬまま日米修好通商条約に調印（仮調印）を強行した。（続けて、同年七月に、蘭、露、英と、十一月には仏と修好通商条約を結んだ。「安政の五カ国条約」と呼ばれる。）

孝明天皇はこの違勅調印に怒り、それに抵抗する姿勢を示し、八月八日、幕府と水戸藩に、調印などを詰問する密勅を下した（「戊午の密勅」）。また、これに反対した関白・九条尚忠の罷免などの朝廷人事を行った。

このことが直弼を刺激し、（勝手な人事を許さない）朝廷への監視強化、さらに朝廷関係者への弾圧（「安政の大獄」）を行った。

天皇が幕府の同意を得ない朝廷の人事を行うこと、さらに重大なこととして、朝廷が幕府の頭越しに諸大名と直接結びつくことは、幕藩体制の中で固く禁じられていた事項である。制度の根本に触れること故、見過ごすことの出来ないことだった。（特に水戸の動きには神経質になっていた。）

これによって天皇も後退と沈黙を余儀なくされた。

これで幕府が政治の主導権を取り戻したかに見えたが、しかし、安政七年三月三日、井伊が桜田門外で暗殺され、状況は一挙に流動化する。いや、むしろこの事件は一時変わりかけた流れを引き戻し、その引き戻した流れをさらに強く加速させた。それほど井伊政治に対する反動は大きかった。（これ以後、朝廷が優位に立った幕府との関係が変わることはなかった。）

先に述べたように、久世・安藤政権は井伊時代に破壊された朝廷との融和を最優先課題にした（せざるを得なかった）。幕府の威信を回復させるための公武合体政策、その一環である和宮降嫁が紆余曲折の末に実現するが、それも大きく変化した状況下では、幕府から譲歩を引き出す交渉材料にされてしまう。つまり、井伊に排斥された人間の復活を求められ、さらに十年後に「鎖国」状態に戻すという（非現実的な）約束を強いられた。

「それにしても……」

と、忠績は市太郎に問うた。

「一度は（通商）条約を認めさせたのではないのか」

「そこですが……」

市太郎は間を置くと、

「帝もさるもので、通商条約即時廃止の要請を引っ込めはしましたが、その代わりに示したのが、数年間の『猶予する』という御言葉だったそうです」

「破約攘夷そのものを撤回したわけではなかった、ということか」

「井伊様としては、これ以上の天皇（朝廷）との関係悪化を憂慮したのでしょう。主導権を握りさえすれば、言葉の問題は何とでもなると考えたのかもしれません」

通商条約調印後、幕府は老中・間部《まなべ》詮勝《あきかつ》を弁疏《べんそ》使として上京させ、条約調印の事情を説明させた。弾圧、相次ぐ公家の逮捕の前に、天皇も譲歩せざるを（その説明を受け入れざるを）得なかった。天皇はその已むを得ざる事情説明を受け、「氷解した」旨の宣達書を間部に下した。これで事実上、幕府の政策に口を出せない状況になった。（その後も幕府の反撃ともいうべき強硬な態度が続く。戊午の密勅の責任を問い〈関係者の処分〉、返納を水戸に命じた。）

しかし、宣達書の文面は、鎖国攘夷を前提とし、その期間を猶予すると言っているに過ぎない。言い換えれば違勅状態は続いていたのである。それが、桜田門外の変の後、幕府を縛り、追いつめてゆくことになった。

挙国一致、そのための公武合体とは、元々(井伊時代は)、幕府の政策に朝廷を同調させることで体制の強化を図る方策だったが、この時期になっては、朝廷の同意がなければ幕府は何も決定出来ないことを意味した。この時期の幕府は、最早、幕府単独の決断では何事も推し進められない姿を露呈してしまっていた。

（二）文久元年（1861）の政治情勢

忠績が溜詰となった文久元年の政治情勢はどのようなものだったか。幕府が直面し、対処を迫られていた政治問題は何だったか。幕閣の中に身を置く立場となった忠績は、どのような事件を目の当たりにしたか。

この時期、久世・安藤政権が直面した最初の外交的事件がこの年の初めに起こる。ロシア軍艦の対馬《つしま》占拠である。

五カ国との通商の道を開いたことで、当然のことながら、五カ国間の競争が生じた。アメリカの武力を背景にした強引な開国政策に比べ、ロシアなどは日本の交渉窓口や手順を尊重した形で条約交渉を進め、幕府内には却って親露派が形成されたほどである。

しかし表向きはともかく、欧米列強は一筋縄でいく相手ではない。アメリカへの対抗ばかりでなく、露、英、仏は、クリミア戦争（1853〜56年）の余波を受けて、互いにアジア（清国、朝鮮、日本）での優位を争っていた。

そうした列強の競争の影響が日本における事件となって現れた。欧米諸国（列強）との外交は、条約の交渉に留まらなかった。

文久元年二月三日、ロシア艦・ポサドニック号が対馬に寄港した。この時、ロシア海軍は対馬を占領し基地を作る計画を進めていた。

アジアの制海権を握るには対馬が重要拠点となるという認識は各国が持っており、それぞれに対馬占領計画を講じていたと言われる。安政六年（１８５９）四月にはイギリス軍艦アクテオン号による対馬測量という行動があった。

幕府は外国奉行・小栗忠順《おぐりただまさ》を対馬に派遣し、折衝したが、話は進展しなかった。幕府はおよそ半年間にわたってこの事態への対処のためにロシアとの交渉、また米、英に援助を求める裏交渉を行う。

その間、幕閣内に親露派、親英派の対立やその時々における政策、見通しの変化があった。つまり、どの国と結ぶのが良いのか、その判断に親露派、親英派の対立があった。（例えば親露派はいっそロシアに対馬を租借してはという案を唱える。しかし他の国との交渉の中で、彼の国に租借するなら此の国はこの地の租借の要求などという話が出てくる。各国も裏にそれぞれの思惑を抱え、情勢判断は簡単には出来ない。）

結果は、八月十五日に英の艦隊出動を背景とした交渉で露艦ポサドニック号は退却して事件は収まった。

実は、ポサドニック号艦長ビリリョフの対馬占領は、ロシア海軍上層部の指令を受けてのことだったが、外務省が関与していなかった。幕府は領事ゴシケヴィッチを通して外交交渉を行い、その筋からの退去命令も届いていた。

ロシアとの間には、他の列強にはない問題が存在した。国境問題である。安政元年（1854）の日露和親条約では、国交関係の条項のほか、国境の画定についての条項も設けられ、択捉《えとろふ》島と得撫《うるっぷ》島の間に国境線をひき、択捉全島は日本領、得撫島以北のクリル諸島はロシア領と定めた。またこれまで日本人とロシア人が進出していた樺太については、国境を分かつことなく従来通りの雑居地とした。これが北方領土の帰属問題の起点ともなる。

久世・安藤政権がその次に対処した外交問題は、両都両港開市開港延期談判だった。ここで、条約調印後の開港の経緯を振り返っておく。

安政元年（1854）に日米和親条約を締結した後、下田・箱館の二港が開港した。

安政五年（1858）、日米修好通商条約を始めとする「安政五カ国条約」が締結された。これにより、翌安政六年に横浜・長崎が開港した。（横浜開港に伴い下田港は閉鎖され、箱館・横浜・長崎の三港が開港したことになる。）

この条約では、さらに江戸・大坂両都の開市と新潟・兵庫両港の開港が約束されていた。両都両港開市開港とはこれを指す。

新潟の開港を1860年1月（万延元年）、江戸の開市を1862年1月（文久二年）、大坂・兵庫の開市開港を1863年1月（文久三年）と決められていた。（漢数字の年月は旧暦、洋数字の年月はグレゴリオ暦。月は旧暦の方が約一カ月早い。）

幕府が朝廷から決行を迫られた攘夷とは、具体的には、勅許を得ずに締結した安政五カ国条約の取り消し（破約）と、開港している三港の鎖港（約束されている両都両港開市開港の取り消しも含めて）だった。（それにもかかわらず、幕府は、安政五カ国条約以後、ポルトガル〈万延元年六月〉、プロイセン〈同年十二月〉、スイス〈文久三年十二月〉と通商条約を結ぶ。）

この年（文久元年）は、両都両港開市開港が目前に迫っていたが、幕府はそれを阻む国内の諸問題に直面していた。（新潟開港は約束の時期を過ぎていたが、事実上延期されていた。）

諸問題の一つは、言うまでもなく、朝廷から攘夷の実行を迫られていることであり（朝廷は、京都に近い大坂開市と兵庫開港にはとくに強く反発した）、もう一つは、開港場となった横浜を中心に、多額の金流出やインフレーションなどの経済混乱が起きていたことである。

その経済混乱をもたらした条約交渉の経緯を見ておきたい。

通商条約を結び、貿易を開始する上で、両国の通貨の交換比率を定めることが必要になる。日米の通貨交換比率の交渉は、日米和親条約締結後から始まり、日米修好通商条約が調印されるまでの間（１８５４〜１８５６）、行われた。

日本（幕府）側は、日本の本位貨幣は金であり、金の価格を基に1ドル＝一分を主張した。それに対して米国（駐日領事ハリス）は、銀の量目の比較を基に一分銀と1ドル銀貨の、同種同量交換の1ドル＝三分の交換比率を主張した。同種同量とは、金銀の純粋含有量のことで、ハリスは天保一分銀と1ドル銀貨（当時国際取引で通用していたメキシコ銀貨）の銀の純粋含有量を比較して交換すべきであると主張した。その結果、日本側はそれを承諾した。

日米修好通商条約では、米（ハリス）の主張通り「（第五条）内外貨幣の同種同量の通用」となっている。但し、原案では通貨の交換（及び輸出）を認めていなかった。通貨交換比率は、取引の際の価格の比較換算の目安（基準）であって、取引においては、その基準に基づき、それぞれの国の貨幣で支払うことを提案した。（日本国内における取引で、外貨の通用を許可しようとした。）

この時点では、同種同量の主張に従っても、通貨の直接の交換がなければ問題はなかったはずだった。

しかしハリスは、日本国内の取引でいきなり外貨を通用させることは難しいと主張し、それに押されて、幕府は（付則で）一年間に限り、通貨交換（一分銀と1ドル銀貨）、さらに邦貨の輸出を認めた。これが大量の金貨流出をもたらすことになった。

開港時の安政六年の日本国内における金銀比価は4・65：1となっていた。他方、諸外国の相場は15・3：1程度であり、大きな差があった。銀と比較した金の価値に三倍以上の差があった。期限付きとは言え、通貨の交換（輸出）を認めたために、国内の両替商を介することで、金銀の交換が可能になった。

銀を元手にして日本国内で金と交換すれば、欧米での交換に比して三倍以上の金が得られることになる。具体的には、外国人商人が1ドル銀貨をまず一分銀三枚に交換し、両替商に持ち込んで四枚を小判（一両＝四分）に両替し、国外に持ち出して地金として売却すれば大きな利益が得られる訳である。地金としての一両は4ドルに相当する。従って、1ドル→三分（一分銀）→0・75両（天保小判）→3ドル（主に20ドル金貨が使われた）と、両替を行うだけで利益を上げることが出来た。ハリス自身もこの両替によって私財を増やしたことを日記に記している。その結果、大量の金（小判）が海外に流出することになった。

小判流出を防止するためには金銀比価の是正が必要であり、新しい貨幣を発行しなければならない。

幕府は金銀の量目を変えた安政小判・安政二朱銀を発行して金銀比価を国際水準に近づけようとしたが、これは開港場でしか通用しない貨幣で、かつ1ドル銀貨の日本国内での購買力を3分の1に低下させるため、ハリス、オールコックら外国人公使（通商条約締結後は公使）は条約違反であると抗議し、鋳造停止になった。しかし一度は反対した彼らも、このような状況では貿易に支障が出ると考え（今更ながら）金銀比価の是正を求めた。

金銀比価の是正のためには、銀貨の量目を増やすか、小判の（金の）量目を減らすか、どちらかであるが、それに必要な量の銀は国内にはなく、そこで金の量目を大幅に低下させる小判の吹き替えを行った（万延小判の発行）。含有金量は慶長小判の約8・1分の1だった。

万延小判は万延元年（1860）より通用が開始された。金銀比価はほぼ国際水準である15・8：1となった。

しかしこの新小判は実質価値が従来の3分の1になり、国内で激しいインフレーションを招くことになった。

こうした国内問題に鑑み、条約期日通りの開市開港は困難と見て、諸外国に開市開港の延期を申し出ることを決めた。

幕府は朝廷に対し、現今の国際情勢と条約が不可避であるとの説得を目指す一方で、朝廷の同意のない形で一方的に条約問題を進められない状況では、何らかの形で攘夷の姿勢を見せておくことの必要も感じていた。

米国公使ハリスは、幕閣とも親しく実情を理解していたこともあり、延期やむを得ずとしたが、英国公使オールコック、仏国公使ベルクールは反対だった。そこで幕府は欧州本国政府との直接交渉をするべく、遣欧使節を派遣することになった。

勘定奉行兼外国奉行・竹内保徳が主席の特命全権公使に任命され、使節は彼を正使とする三十数名で構成された。

七月九日と翌十日、オールコックは老中・安藤信正、若年寄・酒井正毗《ただます》に通訳を加えただけの秘密会議を持ち、彼も攘夷運動の深刻さとこれに対する幕府の力の限界を知り、開市開港の延期の必要性を理解し、本国政府にその旨を伝えるとともに、自身の休暇帰国を遣欧使節の日程と合わせ、直接本国政府に開市開港延期を訴えることになった。

そして十二月二十二日、遣欧使節は、英国蒸気フリーゲート「オーディン号」で欧州に向かって品川港を出発した。これは幕府がヨーロッパに派遣した最初の使節団で、後世、文久遣欧使節団と呼ばれる。

使節団は最初フランスへ赴くが、交渉は不調に終わり（この時点でイギリスの方針変更は伝えられていなかった）、イギリスへと向かう。使節団は英外相ラッセルと談判したが、オールコックの支援もあり、開市開港を五年遅らせることを定めた「ロンドン覚書」を締結する。以後はイギリスの取成しもあり、プロイセン、ロシア、オランダ、ポルトガルとも同様の協定を結び、最後にフランス外相と「パリ覚書」を締結する。

これらの協定は、延期を認める代わりに関税の低減や生糸などの輸出自由化を日本に約束させ、また大名との直の取引や日本商人の身分限定の解除を認めさせた。そして、これらが守られない場合は延期の取り消しが定められた。

この使節団には、条約交渉に加えて、ロシアとの樺太国境交渉という任務も命じられていた。しかし、日本の主張する50度を国境とする案と、ロシアの48度案と、互いに譲らず、合意は形成出来なかった。日露間の国境問題は。慶応三年の日露間樺太仮規則を経て、明治八年の千島・樺太交換条約まで持ち越される。

(アメリカとの交渉は、別途、公使ロバート・ブルインとの間で続けられ、後日、文久三年十二月二十日〈1864年1月28日〉に江戸で、「ロンドン覚書」と同様の日米約定が結ばれた。)

文久二年十二月十一日、約一年間の旅を終えて使節団は帰国した。

文久遣欧使節団の両都両港開市開港延期談判は、時間稼ぎとはいえ、条約問題を現実的な形で進める政策として評価されてもいいはずであるが、国内の事態ははるかに急速な展開を見せた。

久世・安藤政権期の国内の最も大きな政治課題は、孝明天皇の異母妹・和宮の将軍・家茂への降嫁を実現させることだった。

前述のように、和宮降嫁は公武合体政策の重要な一環だった。公武合体の実現は朝廷との関係修復、さらには、外交問題をめぐる意見の対立を解消し、朝・幕が一体となって欧米諸外国に当たることが目的だった。

和宮の降嫁は、既に、前年に孝明天皇の勅許が下りた事柄ではあったが、無事に婚儀が実施されるまでは予断を許さなかった。

京における攘夷運動は日に日に高まり、和宮降嫁に対する批判・反対も少なくなかった。また、幕府の外交政策への不満から、一度は天皇により延期されてもいた。

孝明天皇は和宮降嫁を許可、決断するにあたって「攘夷を実行し鎖国の体制に戻すならば、和宮の降嫁を認める」旨の勅書を出し（万延元年六月十二日）、幕府は「十年以内の鎖国体制への復帰」を奉答していた（七月十八日）。幕府は公武合体の条件として、攘夷の決行を約束させられていたのである。その結果として、十月十八日に孝明天皇の勅許が下りた。

こう約束しながらプロシアと新たに修好通商条約を結ぶと通知して天皇を怒らせるなどの曲折はあったが、和宮は文久元年十月に江戸へ向けて発ち、翌文久二年二月に将軍・家茂との婚儀が行われる予定だった。(文久元年十月二十日、和宮一行は桂御所を出立し、十一月十五日、江戸城内の清水屋敷に入った。)

だが、こうした幕府の政策とは別なところで、文久元年は、京都の政局が大きく動き始めていた。

幕府が公武合体路線を採ったことは、政治における朝廷の権威を認めることになり、その結果、有力諸藩が政局に介入する道を開いてしまった。有力諸藩が直接朝廷に献策し、それによって朝廷と幕府を周旋し、政局をリードしようと企てた。それ故、京都が政局(政治活動)の舞台となってゆく。

最初に動いたのは長州藩だった。

長州藩直目付だった長井雅楽《うた》は「航海遠略策」を建白した。これは、「夷を圧する」等の表現はある(攘夷の建前は保っていた)ものの、公武一和に基づく事実上の開国論だった。この建白が藩論として採用され、この方針で朝廷・幕府に対し周旋に当たるよう命じられた。

長井は文久元年五月に上京し、議奏・権大納言の正親町三条実愛《おおぎまちさんじょうさねなる》、さらに孝明天皇の賛同を得た。朝廷から幕府への入説を命ぜられた長井は江戸へ下り、七、八月にかけて、老中・久世広周、安藤信正に面会し航海遠略策を説いた。外様大名の陪臣が幕府要人に建言するのは異例のことだったが、航海遠略策が朝廷に容れられたことで、公武合体が進まず窮地に陥っていた幕府にとっては好都合だったため、二人の老中は長井に周旋を求めた。

そして、翌文久二年には、長州に続き、薩摩、土佐などの諸藩が動き出す。

しかし、京都に進出した雄藩（長、薩、土など）は、必ずしも藩内の議論（主張）が統一されていたわけではない。例えば長州藩は、長井の策を藩論としたものの、藩内には所謂《いわゆる》俗論派（佐幕）と正義派（攘夷派）との争いがあり、その後、桂小五郎・久坂玄瑞ら吉田松陰系の尊王攘夷派藩士たちの活動が盛んになり、その結果、藩論は百八十度転換してしまうことになる。

特に、藩の上層部と下級武士とが意見を異にしていると、下級武士（志士を称する）が上層部の思惑とは全く別に行動を起こすようになり、独自に京に進出し、攘夷派の公家と結んで、過激な活動を始める。

このことが京の政局を複雑なものにする。

（三）文久二年（1862）江戸

文久二年に入ると、政局は（幕末に向かって）大きく動き出す。後から顧みれば、文久の三年間は幕末の政治史の方向が決定された時期だった、と言える。

一月十五日、老中・安藤信正が登城の折、江戸城坂下門外で六名の水戸藩士に襲撃された（「坂下門外の変」）。安藤の進めた和宮降嫁が、宮を人質に取る策謀であるとの風説が起きて尊攘派の怒りを買い、襲撃・暗殺の標的になった。安藤は背中に傷を負ったが、暗殺は免れた。

二月十一日に、家茂と和宮との婚儀が行われ、安藤の当面の目的は達せられたものの、この「坂下門外の変」を契機に、幕府の権威のさらなる低下を招いた。その責任を負う形で、安藤は四月十一日に老中を罷免された。また、安藤とともに幕政を率いてきた久世広周もそれに連座するような形で、六月二日に罷免となった。

彼らが派遣した両都両港開市開港延期談判を目的とした文久遣欧使節は、出立から約一年後の文久二年十二月十一日に役目を終えて帰国するが、その時、安藤・久世はその報告を聞く立場になかった。

代わって幕政を率いていったのは、（ともに三月十五日に老中に就任した）山形藩主・水野忠精《ただきよ》（前職は若年寄）と備中松山藩主・板倉勝静《かつきよ》（前職は奏者番・寺社奉行）だった。

この年、京では、前年の長州に続いて有力諸藩が進出し、朝廷に対する政治活動を開始する。

四月に薩摩藩が動いた。薩摩藩主の父、島津久光が一千の兵を率いて上京し、幕政改革、公武合体を提唱、建言した。

（また、土佐藩では、攘夷派〈土佐勤王党〉が実権を握り、この年七月に藩主・山内豊範が卒兵上京して京都警衛を命じられる。）

久光の動きは、この頃台頭し始めた尊攘派の武士を刺激した。彼らは久光の上洛を好機と見、攘夷決行を画策した。久光は藩士にそうした動きへの同調を禁じたが、有馬新七ら一部の藩士が従わず、挙兵の機を窺う。それを知った久光は、四月二十三日夜、伏見の船宿寺田屋に集結した浪士らを弾圧、鎮圧した。これが「寺田屋事件」である。

さて、久光の提唱は、朝廷において、幕府に要求する三事策にまとめられ、大原重徳を勅使に任命し、幕府に宣示することが決まった。

三事策とは、以下のようなものだった。

第一　将軍が大小名を率いて入洛し国政に参与せしめる

第二　沿海の五つの大藩の藩主（薩摩・長州・土佐・仙台・佐賀）を五大老に任じ、国政に参与せしめる

第三　一橋慶喜を将軍後見職に、松平慶永《よしなが》を大老に任じて幕政を補佐させる

つまり、朝廷が具体的な幕政の方針（人事に至るまで）に介入するようになったのである。

勅使東下の報に接して、幕府は即座に対応した。

四月二十五日、前尾張藩主・徳川慶勝、一橋慶喜、前福井藩主・松平慶永、前土佐藩主・山内容堂に対し、安政の大獄以来の謹慎処分を解除した。

五月七日、松平慶永（春嶽）に幕政参与を命じた。（安政の大獄以後、慶永は春嶽の名

乗りを多用する。）

この時から春嶽が幕政に大きく関わるようになる。

五月九日、将軍・家茂に後見の必要がなくなったとして、田安慶頼の将軍後見職が免除された。

五月二十二日、将軍・家茂によって田安慶頼と御三家、溜間詰、諸役人に対し、改革の上意が示された。

これらの措置は、（後に「文久の改革」と呼ばれる）幕政改革の始まりだった。そして、勅使が江戸に到着する以前に、先手を打った対応だったと言える。

さて、改革の上意が示される数日前、五月十五日に、酒井忠績は国許（姫路藩）への帰参が許され、江戸を離れる。江戸に帰府するのは年明けである。文久の改革が行われた期間、その現場にはいなかった。しかしこの改革の動きは、この後、忠績が直面する事態の背景ともなるので、これから暫く、文久改革と、（忠績のいない）文久二年の江戸の政治の動向を追っていくことにする。

四月に始まったこの一連の人事、及び幕政改革に向けた動きの中で、最も重要な課題となったのが、将軍・家茂の上洛だった。

家茂の上洛は、朝廷の要求する三事策の一に挙げられていたことでもあるが、幕政参与となった松平春嶽も、就任早々から、家茂の上洛を主張している。公武合体、挙国一致の態勢を確立するには、将軍が直々に上洛することが至当の政策であるという意見である。

しかし、当初、幕閣・老中はそれに対して消極的だった。

それはそうだろう。将軍の上洛は三代・家光以来、二百年以上もの間行われていない。（家光の最後〈三度目〉の上洛は寛永十一年〈1634〉のことである。）

今行われれば歴史的な事業になるはずである。当然、大きな費用も計算しなければならない。しかし財政問題以上に大きな懸念は、朝廷の攘夷の要求が明らかな状況で上京しては、どのような要求を突き付けられるかも分からないことだった。

むしろ（久世はじめ）老中は、春嶽に上洛を求めた。京の信頼が厚い（それ故に朝廷からも幕閣参与を求められた）春嶽に朝廷との周旋を期待した。元来が開国論者である春嶽に、開国の必要性を説得してもらうことも含めて。

しかし春嶽は固辞する。確固たる国是を確立することが先決で、それが決まらないうちはたとえ将軍の命でも上洛しないと固辞した。老中による春嶽上洛の要求と、春嶽による国是確立（そのための将軍上洛）の主張は、平行線をたどる。

国是の確立が先という春嶽の言は、一見正論ながら、結局、火中の栗を拾いたくないという消極的な態度に思える。国是を他人任せに出来る立場ではないはずである。国是を重視するのであれば、それを如何に形成するか、その道筋を考え、その形成に積極的に関与することこそなすべき役割ではなかっただろうか。

が、結局、五月二十四日、老中は将軍上洛に同意した。恐らく家茂自身の判断、意向が働いたのだろう。家茂自身は上洛の意志を持っていたという。ただ、どのような見通しを持っていたかは分からない。

幕閣が将軍上洛で期待したのは、公武合体の態勢を固めたうえで、改めて朝廷から「庶政委任」を取り付けて幕府の指導力を回復することだったと思われる。（それが国際情勢を認識させ、開国への方向転換を可能にする道筋と考えた。）

しかし庶政委任を取り付ける手順、朝廷に対する説得材料、その戦略（見通し）がどこまで立てられていたかは疑問である。

五月二十四日、老中は将軍上洛に同意し、二十六日、上洛を正式決定した。（六月一日、将軍上洛が予告された。閏八月十一日、上洛の時期が翌年二月に決められる。）

さて、勅使・大原重徳は島津久光を随行し、五月二十二日に京を出発、六月七日に江戸に到着した。

十日に江戸城内で勅旨を宣示。一橋慶喜、松平春嶽の登用の沙汰を伝えた。

幕府に対する要求は、事前に三事策から（幕府にとって難問となる事項は避けようとの意見があり）一橋慶喜と松平春嶽の登用に絞られていた。慶喜と春嶽を幕閣の役職に就けることで、彼らに改革の推進役を期待した。

（この時の勅使による宣旨では、将軍上洛の要請は省かれたが、朝廷にその意向がなくなったわけではなかった。）

春嶽を大老相当職に就けることについては（既に参与に任じており）、幕閣・老中に異論はなかった。しかし当人が慎重だった。己の意見に幕閣・老中が全く耳を傾けようとしないことに、因循《いんじゅん》だと見做し、登城しない日が多かった。春嶽の賓師《ひんし》である横井小楠《しょうなん》が福井への帰任途中で江戸に到着し、彼との合議で登城し、新しい役職への就任を受諾する。

一方、慶喜については老中には抵抗があった。

（五月九日に、家茂が十七歳になり（成人し）後見が不要になったという理由で、将軍後見職の田安慶頼を免じたが、これは慶喜の後見職就任を予め防ぐ措置だったという見方もある。)

老中が慶喜(の登用)を嫌った理由は、(幕府の政策を批判して忌まれた)前水戸藩主・(故)徳川斉昭の実子であること、家茂と将軍就任を争ったこと、英明との評判があったことなどだった。

英明との評価は、それ故に朝廷や、春嶽を含む有力大名からの声望となったが、一方では、老中からすれば、幕政に関わる立場になれば、幕政を壟断《ろうだん》される恐れを抱いていた。老中の一人は慶喜を「権謀智術家」と評していた。

宣示の後も、勅使・大原と老中との間で、慶喜の登用を巡って攻防が続いた。大原は粘り強く老中に働きかけ、後見職、大老の名称にはこだわらず、実質が行われればと示唆した。

その結果、七月六日、一橋慶喜が将軍後見職に、七月九日、春嶽が政事総裁職(新設)に就いた。(大老は譜代大名〈家臣〉の役職なので、親藩〈家門〉の春嶽には、大老に相当する新たな役を設けた。)

この人事により、幕府内に、老中・若年寄とは別にもう一つの幕閣が誕生したことになる。それまでは老中及び若年寄が幕閣を形成し、その合議が事実上の意思決定となっていた。

この新たな幕閣が幕政改革を推進すると（朝廷、諸大名の間には）期待されたが、二つの幕閣の間には、しばしば意見の相違・対立があり、さらには、春嶽と慶喜の間にもそれがあって、時には、むしろ政治の停滞（混乱）を生じた。

さて、七月から年内にかけて行われた改革の内容はどのようなものだったか。

改革には、（一）幕府の体質強化、（二）朝廷・雄藩に対する宥和、二つの目的があった。

（一）体質強化は、軍制改革と学制改革である。軍制改革は、陸軍では常備軍の編成、海軍では軍艦の発注・建造を含む新たな軍事力の創出を図った。また、新たな軍事職として、海軍総裁、陸軍総裁、同副総裁、海軍奉行、陸軍奉行、軍艦奉行、騎兵奉行などが設置された。学制改革では、海外事情・文化の調査・研究、教育の充実も進められた。蕃書調所が洋書調所、ついで開成所に改められた。

（二）朝廷・雄藩に対する宥和は、第一に、井伊政権によって（安政の大獄で）処罰された者の大赦を行う。（徳川慶喜・徳川慶勝・松平慶永・山内豊信を赦した。逆に、井伊政権時代に朝廷折衝に当たった者を処罰、追罰した。元・前老中の堀田正睦、間部詮勝、安藤信正、久世広周等々。）

第二に、職制改革（新たな職を設けた）。慶喜を将軍後見職に、松平慶永を政事総裁職に任命した。さらに閏八月一日には、宮城の警衛を名目として京都守護職が設置され、会津藩主・松平容保《かたもり》が任命された。

第三に、献上物の廃止・行事の改廃・服制の簡素化。（摂政・関白、議奏、武家伝奏などの要職の人事に関して、幕府は事前了解を求めず、朝廷の裁量に委ねることとした。）

第四に、山陵の調査・補修を担当する役職として、山陵奉行が新設された。

第五に、（これが改革の目玉にもなったが）参勤交代制を緩和した。

これらの改革の期間中に生麦事件が起きた。八月二十日、勅使に随従して東下した島津久光の一行が江戸を発って帰洛の途に就いた。二十一日、神奈川近郊生麦村において英国商人の行列がこの一行に遭遇し、無礼のかどで薩摩藩士に斬られた事件である。日本人が起こした殺傷事件であるから裁判権は幕府側にあるはずだが、幕府には薩摩藩の行列を押し留めることは出来なかった。これが英国との間に厄介な問題を残した。（四月の寺田屋事件と、この生麦事件は、開国論者である久光の意に反して、攘夷派を刺激し、その活動の激化を促すことになった。）

九月七日、（翌年二月の）将軍上洛が布告された。十一日には政事総裁・松平春嶽に上洛随従が命じられ、十二日、将軍後見職・一橋慶喜に対して、翌年二月の将軍上洛に先立って、近々に上京するようにとの台命（将軍の命令）が下った。

将軍上洛にあたり、破約攘夷に関する幕府の方針を確定しなければならなかった。攘夷を要請する朝廷（天皇）に、どう応えるか。

春嶽の意見は、（開国は必然という状況を前提としているが）現在の条約は（勅許のない）不正なものであるゆえ、攘夷を奉承し、諸外国との戦いになるかもしれないことは覚悟の上で一旦破約し（必戦破約）、その上で国是を立て、改めて条約を結び直す。つまり、外国に迫られての開国ではなく、自主的な形で開国に進むべきだとの主張である。

慶喜の意見は、朝廷に対し正面から開国を上奏すべきとの意見。春嶽の、決戦覚悟の破約攘夷論に対しても、たとえ一時姑息な政策による不正な条約といえども、諸外国に対しては政府間で締結されたもので、所詮日本国内の事情に過ぎない。外国との合意なく決戦に及べば、理非曲直を日本の論理だけで一方的に主張することは出来ない（国際社会には通じない）、と主張した。

その結果。十月一日、慶喜の主張に春嶽らも同意し、朝廷に対し、開国上奏で一致した。

しかし、その時京都では、二度目の勅使東下が決まっていた。これが幕議の再検討を迫ることになった。

京にいる薩長土の急進派はそれぞれの藩主を動かし、幕府へ攘夷勅諚を下賜するようにとの建白を三藩共同で提出させた。これを受け、九月二十日、朝廷は、尊攘急進派公卿の三条実美《さねとみ》を正使、姉小路公知《あねがこうじきんとも》を副使とする別勅使を東下させることを決めた。土佐藩主・山内豊範に随従が命じられた。この勅使を「別勅使」と呼ぶのは、毎年年頭に幕府に勅使を送る慣習とは別の勅使という意味で、「攘夷別勅使」とも呼ばれる。

これで幕府は先手を取られた形になった。幕閣は、攘夷督促の勅使が江戸に下っている最中に、朝廷に開国を上奏する事態になっては、朝廷と幕府が正面から衝突する形になってしまうことを恐れた。攘夷奉答しなければ「攘将軍」に及ぶという前土佐藩主・山内容堂の周旋もあって、十月二十日、攘夷勅諚の奉承に決定した。

（「攘将軍」とは容堂の造語だろう。攘夷に掛けた言葉で、将軍排斥の主張に及ぶ恐れがあると警告したのである。）

この時、土佐藩は攘夷派に藩政を牛耳られ、藩主豊範も捕虜同然の状態だった。もともと開国派である容堂もその状況（を利用した攘夷派の要求）に逆らえなかった。

十月二十八日、別勅使は江戸に到着した。

十一月二十七日、三条実美・姉小路公知が江戸城に入城し、家茂に破約攘夷督促の勅書と親兵設置の沙汰書を授けた。

十二月四日、三条実美・姉小路公知は登城して、家茂と二度目の会見に臨み、「勅諚の趣を早々評決の上、諸大名に布告するように。攘夷の策略ならびに拒絶の期限は列藩と衆議を尽した上で叡慮を伺うように。これは、日数を要することなので、速やかに衆議を集め、年内もしくは明早春にも言上するように」と口頭で沙汰を伝え、奉答を催促した。

翌五日、幕府は攘夷の勅諚を奉承した。

七日、別勅使・三条実美、副使・姉小路公知は江戸を出立し、帰京の途についた。

そして、年明けて文久三年二月には、幕府にとって歴史的事業となる将軍・家茂の上洛を行うことになる。

（四）文久二年　京都・姫路

ここで、時間を、この年の五月に戻したい。

五月十五日、溜詰になって一年余、忠績は藩主になって初めて国許である姫路への帰参が許された。国許といっても、忠績にとっては行ったことのない地である。幕政に関わる立場の忠績は、江戸での生活が中心になるはずであり、姫路に赴く機会は今後も少ないだろう。

十五日、城から上屋敷に戻った忠績は、杉野市太郎を呼ぶと、

「今日、上様から帰国のお許しがあった」

と告げた。

「えっ。今、この時にでございますか」

「そうだ」

市太郎は胸の内で怪訝そうに呟いた。何故国許へ、しかもこの時期に。参勤交代はもともと大名が国許を離れて一定期間江戸に滞在することを義務付けた制度で、参府・帰国の時期も定められていた。しかし、酒井家のように老中格の家は定府とされ、国許にいないことが当たり前になっていた。帰国の方がむしろ希なことだった。ましてや、忠績は旗本から養子として酒井家を継いだ身であるから、忠績本人は姫路とは何の縁もない。国許といっても、行ったことのない地であり、今後も赴く機会は少ないはずであり、事実、この年の国入りが生涯唯一度の姫路行きになる。

が、市太郎が首をかしげたのにはもう一つ大きな理由があった。

五月七日に越前藩の前藩主・松平春嶽が幕政参与となって登城し、将軍・家茂と対面していた。春嶽がこれから幕政に大きく関わっていくことが明らかになっていた。それが朝廷を睨んだ幕政変革の第一歩であることも。この数日後の二十二日には、将軍・家茂によって改革の上意が示され、続いて、六月朔日には諸大名に対し将軍の上洛が予告される。

これから変革の風が吹き始めようというこの時期に何故か。市太郎が不思議に思ったのも無理はなかった。しかしこの人事も変革の動きと無関係ではあり得なかった。

「途中、京に寄れとの仰せだった」

「と仰せられますと」

「所司代の後任が決まらぬらしい」

この時期、京都所司代を務めていたのは小浜藩主・酒井忠義《ただあき》である。その罷免（所司代の交替）が内定していた（六月三十日付で罷免となる）。安政の大獄で処罰された人間の復権人事と、井伊派だった人間の処罰が進められていたが、忠義の罷免もその一つである。

しかし、後任の人事が難航した。幕府が後任に内定した大坂城代の本荘宗秀が、安政の大獄時に寺社奉行の地位にあって、井伊直弼の信任が厚かったという理由で、朝廷が内諾を与えなかった。そのため、忠義の罷免を決めたものの、このままでは所司代職が空席になってしまう恐れがあった。前代未聞のことである。

忠績は帰国が許されると同時に、内々に京都取締向、つまり（後任が決まるまでの間）所司代の代理を命じられた。

「誰がそのようなことを」

市太郎が呟いた。これは忠績に問いかけたのではなく、思わず漏らした呟きだったのだ

が、忠績はそれを耳にして、

「板倉殿と水野殿に決まっている」

と答えた。もちろん命じたのは将軍・家茂であるが、この時期、人事はじめ幕政を実質的に率いていたのは、水野忠精と板倉勝静（首座は板倉）である。

「しかたあるまい。若狭殿のこととあらば」

若狭守は忠義のことである。姫路藩と小浜藩は同じ酒井家であるだけでなく、領地が近いこともあって昔から昵懇の間だった。それくらいの経緯は忠績も心得ていた。この人事がそれを踏まえてのことも。

忠義との関係ばかりではない。姫路藩の第五代藩主、酒井忠学《ただのり》の娘、銉姫《いつひめ》は、関白・九条尚忠の子（養子）、幸経《ゆきつね》の正室に入った。また、九条尚忠の娘、夙子《あさこ》姫（銉姫の義理の妹）は孝明天皇の女御（皇后）となった。酒井家本家は朝廷と近い姻戚関係を築いていた。

このような時期に京へ赴くということは、将軍上洛の準備の一端を担うことになるのは言うまでもない。少なくとも正式な京都所司代の後任が決まるまでは、朝廷側の受入態勢、京の治安を見、整えておくためにも。

忠績は六月に京に着いた。同月三十日に酒井忠義が所司代を罷免され、忠績が取締向、つまり所司代代理の任務に就いた。当時、京都の民生と治安は京都町奉行に、禁裏の護衛は禁裏付に分担し、京都所司代はその総括だった。従来の人事の慣習では、老中への階段に位置づけられた役職でもあった。しかし、京の情勢が不穏になり、幕府と朝廷との間の緊張が高まっているこの時勢では、決して安楽な座ではなかった。

忠績はまず宮中の警備を重視した。

前任・忠義は朝廷との意思疎通に重きを置き、心を砕いた。その働きは朝廷、とくに孝明帝も評価していたようで、文久元年十月に幕府が忠義の転役を決めたとき、その取消を要求している。（一旦それを受け入れ、人事を延期するものの、他の人事〈井伊派の処罰〉の手前、罷免・更迭は行わざるを得ず、この時に至って罷免を最終的に決定した。）

忠績もまず宮中との意思疎通を（密にすることを）心掛けた。不穏な事態に備えることで朝廷の信頼を得ておこうという意図である。

忠績が江戸から連れてきた、松平孫三郎をはじめとする江戸詰の家臣は、単なる帰国ではない、京都での職務に備えての陣容だった。

また、姫路からも忠績を補佐するため家臣が派遣された。その一人に、姫路藩きっての碩学と讃えられていた国学者・秋元正一郎が上京していた。家臣というより、顧問、忠績の相談相手のために派遣されたのだろう。

秋元正一郎は、国学者ではあっても学者にありがちな観念論的には陥らず、現実が見えていた。京に赴くに当たって京の政局について情報を集めたようだった。秋元は状勢（安政から文久にかけての政局の推移）を見据え、それを踏まえて助言、献言を行った。だからその見解は頼りになるものだった。

忠績は秋元正一郎に京の情勢について尋ねた。

「先日、長州の長井雅楽殿が失脚したとのことです（六月五日、帰国謹慎を命じられた）。」

「そうか」

さもありなん、というのが忠績の感想だった。（長州の動きは忠績も知っていた。）

前述したように、文久年間に有力諸藩が京に進出するが、まず、長州藩が直目付・長井雅楽の「航海遠略策」を藩論に採用し、幕府と朝廷に提案して朝幕の周旋、そして国論の一致を企図した。

忠績がそれを知ったのは、文久元年八月から十二月にかけて長井は江戸に赴き、老中安藤、久世と論じ合い、持論を説いていたからである。（そして、藩主・毛利慶親が江戸に向かい、幕府は長州に公武の周旋を委嘱した。）
「航海遠略策」とは、攘夷が事実上不可能であることを認めたうえで、幕府が主導するかたちで、巨大艦船を建造し、遠く海外への雄飛を目指すという、事実上の開国論だった。当然、幕府には容易に受け入れられたが、その後、藩内では攘夷派が優勢になり、藩政を主導するようになった。攘夷派の激しい突き上げで、長井も「航海遠略策」そのものも引き下がらざるを得なくなった。

忠績が京に着いた六月に、長井雅楽が失脚したというのである。長州藩内の情況を聞き、この話は近々破綻するのではないかとの危惧が的中し、「さもありなん」と思った。これを境に、以後、長州は藩論を破約攘夷へ百八十度転換し、急進的な尊皇攘夷運動を展開してゆくことになる。（翌文久三年二月に長井雅楽は切腹。）

その後、長州に続いて、この年四月に、薩摩藩（島津久光）が一千名の兵を率いて上京し、公武合体の実現のため、幕政改革案を建言した。朝廷はその提案を受け入れ、勅使として大原重徳が江戸に派遣され、幕政改革の引き金となる。

忠績は、勅使・大原重徳の東下と入れ替わるように上洛したことになる。

忠績が到着した時期の京の朝廷は、政治的にも軍事的にも無力な権威ではなく、薩長土を始めとする雄藩を援軍（背景）に、公家の政治意識も高揚していた。

「しかし……」

と秋元正一郎は言い添えた。

「帝の真意は、あくまで幕府が日本の政治を担ってゆくことにあります」

わざわざこんなことを言い添えるのは、帝の親政、つまり幕府を退けて新たな政権を打ち立てることを言い立てる公家らが現れ始めていたからである。

長州や薩摩の力を得たつもりで、もう幕府に対抗出来るように幻想しているのか。軽薄な攘夷論者と一緒で、全く現実を知らない。しかも始末に悪いのは、公家は定見を持たず力のある者に靡き易いことだった。（それが長州の攘夷志士らの跋扈につながる。）

しかし、帝の真意はそんなところにはない。攘夷の実行にしてもあくまで「幕府と一に成りて」、つまり幕藩体制を前提としての政治だった。

秋元の言葉でそれが確認出来ると、改めて朝廷との意思疎通を重視すべきことを理解し痛感した。

しかし京の情勢はそれだけでは収まらなくなってゆく。治安の不安は京都市中に広がってゆく。忠績が京に到着した時期は、過激攘夷派による襲撃・暗殺事件が横行し始めた。

攘夷を標榜するテロは日本に滞在する外国人の襲撃に始まった。その最初が、安政六年（１８５９）八月のロシア艦乗組員（海軍士官）の暗殺（神奈川上陸の際）であり、続いて十月にフランス領事館の雇人（中国人）が襲撃され負傷した。当然、国際問題となり、幕府はこれを取締る府令を出すなどの対策に追われた。が、その後も万延元年（１８６０）十二月に米国公使館書記官ヒュースケンが暗殺されるなどの事件が起きた。

安政七年に起きた桜田門外の変が義挙として称賛されたこともあって、（外国人ばかりでなく）国内の人間をも対象とするようになった（文久二年一月に坂下門外の変）。攘夷が外国人の排斥を超えて、政治的主張そのものになった。

文久年間に、京を中心に各地でテロが頻発し始めたのは、長州、薩摩、土佐など雄藩が京に進出し、各藩の藩士（攘夷浪士）も京に集結したためである。しかも島津久光が兵を率いて上洛したことは、久光の目的（にもかかわらずそれ）を越えて、攘夷浪士らを刺激した。加えて、京で寺田屋騒動を起こし、江戸からの帰洛の途中で生麦事件を起こしたことは、火に油を注ぐ結果となった。

（忠績の在京した）六月から九月にかけて起きたテロ事件の例を挙げれば、七月、前関白・九条尚忠の家宰・島田正辰（龍章、通称左近）の暗殺が手始めとなった。公武合体、和宮降嫁を推進し、安政の大獄時代は目明し文吉に攘夷派の活動家らを探索させ、攘夷派の恨みを買っていた。

閏八月には同じ九条家の家臣で、島田と同腹と目されていた宇郷重国《うごうしげくに》、さらに同月、島田の手下として動いた目明し文吉が殺された。

九月には、京都町奉行所与力・渡辺金三郎、同心・森孫六、大河原重蔵が暗殺された。渡辺・森・大河原らは安政の大獄時、所司代・酒井忠義の下、志士を探索・捕縛したため、過激派に恨まれていた。

言うまでもなく、これ以外にも、またこの時期以後も、テロの嵐は吹き、浪人跋扈、奸除運動が激しくなってゆく。

（これらの事件では、殺害に留まらず、被害者の首を三条、四条の河原に曝すなど、攘夷の主張を世間に訴える意図もあった。と言うより、反対派に対する脅迫・恫喝の行為である。）

これらの事件を取り締まるのは、直接には京都町奉行所だったが、当然、その上位機関である所司代の管轄下にあった。しかし、その対応が困難だったのは、朝廷・公家の政治情勢と絡んでいたからである。

攘夷浪士は攘夷派の公家と結びつき（恐らく脅迫同然の手段で）、それを隠れ蓑にして活動した。その一方で、攘夷派公家は彼らの力を背景に朝廷における政治勢力を伸張させた。

八月には三条実美、姉小路公知など十三名の公卿が連名で、和宮降嫁を進めた岩倉具視・久我《こが》建通《たけみち》・千種《ちぐさ》有文《ありふみ》・富小路敬直《ひろなお》・今城《いまき》重子・堀河紀子の六人を幕府に媚び諂う「四奸二嬪」として弾劾する文書を関白・近衛《このえ》忠熙《ただひろ》に提出した。その結果、この六人は、年内に辞職、蟄居・落飾（出家）を申し渡される。

公家と結び着いた攘夷志士は、公家から詔勅を出させ、自らの主張や思惑を通そうとした。「勅」という形である以上、幕府も諸藩も無視することは難しい。しかしこれらが孝明天皇の知らぬところで発せられ、天皇の意思とは関係ないものであることが少なくなかった。後に天皇自身が「天皇の存意を『中妨』し、『偽勅』を出す『姦人（三条実美らを指す）』」と述懐することからも、違勅が少なくなかったことが分かる。

攘夷派藩士は、藩主や上層部とは独立に（時には藩の方針に反して）行動し、藩は彼らを必ずしも統制出来ていなかった。また、志士らはしばしば藩を越えて、合流して活動した。薩長士以外の諸藩から参加する武士も少なくなかった。それ故、攘夷志士らは、この時期の京に於いて、幕府、諸藩、いずれとも異なる政治勢力となった。そのことも京における政局を複雑にし、不逞浪士の取締りを難しくした。

自分たちの思惑や主張を、（脅迫による）違勅という違法な手段と、殺戮・暴力を頼みにして押し通そうとする。志士と称される人間の行っていたことは、要するにそういうことだった。

そして忠績を悩ませる大きな問題がもう一つあった。他でもない忠績の領地である姫路藩の攘夷運動だった。尊皇攘夷は江戸と京の間の問題だけではなかった。まだ見ぬ領国内に大きな問題を抱えていることに直面することになる。

事は、上京していた姫路藩士・河合宗元（惣兵衛）が忠績に直諫したことから始まった。忠績の京での職務遂行のために、江戸と姫路からそれぞれ何人かの藩士が京に派遣された。宗元はその一人である。

宗元は、京都所司代だった酒井忠義は奸曲ゆえ、力を貸すことは無用と諫言したのである。

宗元は勤王党と呼ばれる一派に属していた。尊皇攘夷運動は程度の差こそあれ、日本各地・各藩で起きていたが、姫路藩には、朝廷と近い姻戚関係があったことも影響して、尊皇の気風を醸成する条件があった。また仁寿山黌《じんじゅさんこう》という学問所に学び、そこで行われた国学に傾倒していった藩士が少なくなかった。水戸藩ほどではないが、共通する事情と言えるだろう。時節の影響を受けて攘夷運動が高まり、「姫路勤王党」と呼ばれる一派が生まれた。

姫路から上京した藩士は、忠績と江戸からの一行が到着するより早く（五月頃）京に着いていた。この頃、京には島津久光に率いられた薩摩藩士がおり、また藩論を転換させた長州からも攘夷派の藩士が京に入っていた。

攘夷派の人間は藩を越えて交流が生まれる。宗元らは、長州から上京して活動を始めていた久坂玄瑞、桂小五郎らとも交流を持ち始めていたらしい。薩長藩士との交流は宗元ら勤王党の意識を高揚させ行動の激化を促す契機になった。

京都所司代だった酒井忠義は、安政の大獄を（井伊直弼に従って）京都で指揮した張本人であるから、協力は無用であると諫言した。

忠績はさぞ面食らったことだろう。初対面の家臣から直諫されるなどということもさることながら、将軍の命で所司代の代理を務める身が、前任の所司代を蔑ろにするなどという主張は、幕臣であることを全否定するようなものである。そんなことを家臣が藩主に向かって述べるなどとは、尋常とは思えない言動だった。

宗元にすれば彼なりの論理はあったのだろう。今や挙国一致の体制、国を挙げて（朝廷と幕府が一体となって）攘夷に当たらねばならぬ。井伊体制への協力者は幕府自身が罰しているのだから（酒井忠義もその一人）それに協力することはもってのほか、という主張である。

現実が見えない観念論者は幕臣としてのあり方まで見失ってしまうのか、そんな思いだった。忠績は当然の如く宗元の言を退ける。なおも、と食い下がろうとする宗元を制して、その場にいた秋元正一郎が口を挟んだ。

「若狭守様は帝の信任が厚かったことを知らぬのか」

その一言で宗元は引き下がった。少なくともその場は。秋元の言うこととの内容に抗し得なかったこともあるが、それ以上に、秋元が姫路藩で最も尊敬を集めている碩学であったことが大きかった。

が、これで事態が収まったわけではない。河合宗元は他の家臣、とくに松平孫三郎ら江戸詰めの家臣と対立した。

江戸詰の孫三郎は、蘭学にも通じており、幕府の（開国）方針にも理解があった。孫三郎から見れば攘夷論者は現実を知らない狂信者に見えた。

そうした藩の情勢のもとで、秋元正一郎が宗元ら攘夷論者の抑えになっていた。軽挙妄動は藩のためにも朝廷のためにもならぬと、秋元が言えば、さすがに宗元ら攘夷論者も無視し、逆らうことは出来なかった。

しかし、秋元が病に倒れた。京で流行った麻疹にかかったと言われている。藩内の対立のストレスもあったのではないだろうか。秋元は八月にそのまま病没する。忠績は、京で最も頼りにしていた家臣を失った。

これより先、七月に、国許から国家老・河合良臣が病死したとの報が入っていた。初めて国入りしようとする忠績にとって、藩政を担う国家老を失ったことは、これからの前途が多難であることを予感させた。

それに加えて、秋元まで失った。初めての京で、最も頼りにしていた相談相手である秋元は、初めて訪れる姫路でも相談相手として頼りにすべき人間の一人だったはずである。

忠績にとって大きな痛手だったことは言うまでもない。

箍《たが》が外れたかのように、松平孫三郎と河合宗元の対立が激しくなる。それまで秋元の存在が対立を防いでいた、少なくとも表面化することを抑えていた。その秋元という緩衝材がなくなったため、二人の対立が抑えられなくなった。このままでは藩上の統制が取れなくなると考えた忠績は孫三郎を江戸に、宗元を姫路に帰国させることを決めた。

本来なら孫三郎は忠績の片腕となるべき江戸詰め藩士である。それを江戸に返すなどは秋元を失った時に出来ることではなかったはずだった。しかし、秋元の急逝を聞いた姫路藩は、前家老の河合屏山《へいざん》（良翰《よしさと》）が（忠績の補佐のために）上京すると知らせてきた。そのことが、決心を促した。（屏山・河合良翰は亡くなった良臣の養父〈義父〉である。嘉永六年に良臣に家督を譲って隠居していたが、良臣の死去で政務に復帰。この秋に、家老に復職する。）

忠績の京都での任務は九月まで続くが、短期間ではあっても心労の多い期間だったことは想像に難くない。

八月になってようやく京都所司代の後任に牧野忠恭（長岡藩主）が決まる（京都町奉行に永井尚志）。さらに、より大きな人事の動きがあった。新たに設けられた役職、京都守護職に会津藩主・松平容保が就任した（閏八月一日）。

これは文久改革の中で、政事総裁職の新設と同じ流れで設けられたもので、過激な志士の活動による京の治安悪化に対応するため、洛中の治安維持、御所・二条城の警備など、従来の京都所司代、京都町奉行より大きな権限を与えられた役職である。守護職の新設により、所司代、町奉行はその補佐と位置づけられた。

九月二十八日、所司代代行の酒井忠績は命じられて参内し、天盃を授かった。京都警備の任に当たったことへの労いだった。


京都の務めを終えて、忠績が京を出発したのは十月七日、十一日に姫路に着いた。

この時期の姫路藩の政治情況は、河合寸翁《すんおう》を抜きにしては語れない。寸翁・河合道臣は酒井家姫路藩の名臣として知られ、二代藩主・酒井忠以《ただざね》から（五代・忠学《ただのり》まで）四代にわたって仕え、半世紀余りの間、藩政を支えた。彼が力を注いだのは藩の財政再建だった。質素倹約令を布く一方、固寧倉《こねいそう》（義倉）を設けて農民救済政策を施した。そして、新田開発を始めとする農産振興を進め、特に商品作物の特産品栽培と流通・販売政策により財政再建を成し遂げた。また私財を投じて、学問所・仁寿山黌を設立し人材の育成を図った。

天保六年（１８３５）に隠居し、（実子・良臣が若年のため）養子・良翰に家老職を譲る。

（屏山・河合良翰は、享和三年、姫路藩士・松下源太左衛門の次男として江戸に生まれ、文化二年、家老・河合道臣〈寸翁〉の養子となった。）

寸翁・河合道臣は天保十二年（１８４１）に七十五歳で没した。寸翁の後世への影響は大きく、一族から何人もの藩の重臣が出、藩の運営に関わってゆく。寸翁を継いだ屏山・良翰は嘉永六年に隠居して、義弟・河合良臣（寸翁の実子）に家老職を引き継いだ。忠績が藩主となったとき、家老として藩政の中心にいたのが良臣である。（しかし良臣は忠績が姫路に入る前、七月に病死。）

京に着いた忠績に直諌した河合宗元（惣兵衛）も、傍系ながら寸翁と同じ一族である。宗元は勘定奉行、物頭などを務めた。この時、四十六歳。（前述のように）宗元は京での警備に着く間、薩長を始めとする攘夷派の藩士と交わり、尊王攘夷の考えを強めてゆく。宗元も学んだ仁寿山黌では国学教育も盛んで、尊王思想が広まる素地があった。

江戸から京に随行した家臣の一人、松平孫三郎は、名は惇典、号は棣山。文政八年生まれで、この時三十八歳。後に家老となる。

忠績は、姫路に入ってから、秋に河合屏山を家老に復職させる。在京中に頼りにした屏山を、亡くなった良臣の代わりに、暫定的にという意図だったろう。しかしこのことが藩内の攘夷派を勢いづかせることになる。屏山自身が尊皇攘夷論者であり、藩内の攘夷派の後ろ盾になって（祭り上げられて）ゆく。

とは言え、新しい藩主を迎えたこともあってか、忠績が姫路にいる間には大きな騒ぎは起こらなかったようである。

忠績は十二月二十三日、姫路を発つ。（翌年正月十二日に江戸に帰着。）

（五）文久三年（１８６３）前半　江戸・京都

年が明けてまもなく、忠績が姫路から江戸に戻ったばかりの時、登城の要請があった。上様のお召しと聞いて、何の沙汰か忠績には直ぐに分かった。京の様子をお聞きになりたいのだ。家茂の上洛の日（二月出立予定）が近づいていた。秋まで京都所司代の代理を務め、国許から帰府したばかりの忠績に、京で目の当たりにした間近な話を聞きたいのだと。

将軍上洛は前年の六月に既に諸大名に予告し、さらに九月には二月という時期も布告していた。公武一和のための根幹を成す行事となるはずだった。また、京都守護職など在京の幕府方の人間の希望でもあった。京に於ける幕府の権威回復のためにも必要だと考えていた。

しかし、江戸の幕閣（老中）は当初、否定的、少なくとも消極的な者が少なくなかった。

幕府は朝廷との関係修復、融和を最優先の課題としていたが、それでも将軍の上洛に躊躇する空気は強かった。だから、上洛の決定は、幕閣が議論した結果とはいえ、（最終的な場面では）家茂自身の決断が働いただろうと思われる。自らの意思で上洛を決意したが故に、京の事情を出来るだけ知っておきたいと考えているのだろう。最近の京都事情を直接目にした人間から最新の、生々しい情報を得たかったのだろう。天皇と朝廷の様子を、公家の事情を、京の幕臣の様子を、京の町と民衆の事情、そして京に入り込んだ薩長など雄藩の動きを。

忠績は江戸城奥の御座之間に控えていた。御座之間は将軍が老中や親藩大名と謁見する場である。家茂は本当に話が聞きたい相手と余人を交えずに対面する方式を好んで用いた。御三家、御三卿、老中や老中に準ずる格式の大名しか通されないこの御座之間に、外様大名を召したこともある。家茂が自らの目と耳で知り、自らの頭で考えようとしていたという証だろう。あるいはそうせざるを得ない、幕府の情況と己の立場をよく弁えていたというべきかもしれない。

家茂が出座した。畏まる忠績を四尺の間合いまで招き寄せた。二人きりで正面から、しかもここまで間近に将軍の顔を見るのは初めてだった。もちろん忠績が家茂に拝謁するのは初めてではない。しかしこうやって二人きりで真正面から話をしたことはなかった。

「美しい顔だ」　忠績は思った。

家茂は安政五年（１８５８）に十三歳で第十四代将軍に就任した。幼少の身で将軍に就いたのは、四代・家綱（十一歳）、七代・家継（五歳）、十一代・家斉（十四歳）の例がある。家茂は三番目に若い将軍である。この面会の時、十七歳だった。生まれつき端正な顔立ちであるのは分かっていたが、忠績が感じたのはそうした外見ではない。十七歳という若さにもかかわらず、内に秘めた覚悟（の大きさ）のようなものを感じさせた。その若い将軍がこの一年余りの間に、これまでどの将軍も背負ったことのない重荷を背負うことになった苦悩に立ち向かう覚悟に違いなかった。表情にはその苦悩ゆえの憂いが伺えるものの、苦悩に歪んだ様子が見えない、潔さを感じていた。

「この将軍を守らなければならぬ」　忠績は思った。

それは単に年若くして将軍となり、かつこれまでに例のない苦難を背負わされたことへの同情ではない。そうした宿命ともいうべき道を、真正面に受け止め、前向きに真摯に進もうとする姿勢に対する共感というべきだった。

家茂が将軍の後継争いに勝ったのは、徳川家一門の中で将軍家に最も近い血筋であることが有力な要因だった。が、血筋の正統性ばかりではなく、家茂の人格に、幕閣はじめ家臣には敬愛する者が少なくなかった。

家茂の温順な性格、実正な姿勢は、幕府内において好感を持って迎えられただろう。だが、家茂に対する（将軍としての）評価はそればかりではない。家臣の意見に耳を傾け、かつ果断の将軍だった。

確かに家茂は家臣の意見をよく聞き、よく理解した。そして必要とあらば（老中幕閣の意見がまとまらない場合などは）、自らの意見、見解を述べ、断を下した。上洛を決断したように。

忠績が姫路から帰府した後、（江戸を離れていた間に行われた）文久改革の模様を聞いた時、そこに将軍家茂の意向があることを知った。

改革を事実上主導したのは松平春嶽である。家茂は春嶽の方針を（改革を受け入れることを）基本的に支持していた。

文久の改革期には、政事総裁（春嶽）と後見職（慶喜）という新しい幕閣が加わったこともあり、それまでにない新しい政策決定過程が生まれていた。

幕府の政治形態（政策決定過程）は、老中の合議の結果を（御用取次を通じて）将軍に上げて裁可を得る、というのが基本形である。（老中の意見が対立し纏まらない場合は、将軍が裁断して決着させる場合もあった。）

改革期になると、将軍（及び政事総裁・後見職）がはじめから審議の場に加わる会議が行われた。そこでは、老中幕閣（時には諸有司）の発言、議論を直に聞き、必要とあらば自らの意見、見解を述べた。

（この将軍・総裁・後見職・老中が一堂に会して議論する形を「御前会議〈型〉」として、久住真也が考察しているので、それに拠りながら御前会議のあり方を見ると、）御前会議は改革期間中（文久二年五月〜十二月）に十回以上行われたようである。場所は「奥」の御座之間、あるいは「表」の黒書院に隣接する西湖之間が中心となった。閏八月七日に行われた御前会議の例では、将軍・家茂は黒書院の上段に座し、後見・総裁・老中ら首脳は下段の左側、多人数の三奉行以下諸役は下段右側、及び隣接する西湖之間に座していた。

御前会議がどのようにして成立したか、経緯は分からない。春嶽は参与として幕政に加わるにあたり、（御用取次を介さない）老中の合議に将軍も参加する政治運営を説いていたので、春嶽が提唱した可能性はある。

（いわば非常時態勢にあった幕府で）幕政改革という課題に取り組むためには、そして、将軍後見職・一橋慶喜、政事総裁職・松平春嶽という新たな幕閣が加わった体制では、基本形の政治形態では対応しきれず、新たな審議方法、この状況に応じた議論の場、意思決定の方法が必要になったことは間違いない。

春嶽にすれば、政事総裁が大老相当とはいいながら、従来の政治形態では、積極的に発言する機会が保証されているわけでもなく、将軍の裁可に至る政策決定過程に明確に組込まれていないもどかしさがあった。

老中から見れば政事総裁職は朝廷の要求によって新設された、いわば外から押し付けられたような役職だった。

しかも、春嶽や慶喜と老中ら（新旧の幕閣）は、しばしば対立した。そもそも春嶽と老中らとその政治構想が異なっていた。（朝廷・幕府・大名の合議の上で国是を形成する体制を目指す構想と、あくまで幕府の主導による政治決定の回復。）

幕議での決定権が不明確にもかかわらず、老中らは春嶽（や慶喜）に決断の責任を押し付けようとする傾向もあり、事態が進まない場面もあった。春嶽の眼には、改革に消極的で、責任ばかり押し付ける、老中の因循姑息な態度に見えただろう。（抗議の意味で度々登城を辞した。）

そうした（対立による）停滞を調整し解消するには、将軍隣席の場が必要だった。御前会議は、改革の議論を前進させるために、規格化され、定着していったと考えられる。ただ、御前会議が最終決定の場ではなかったようである。大久保忠寛が御用取次に就任し、それを介する従来の政治形式は存続していた。御前会議が行われても、正式な決定は、後日、将軍の裁可を得る形で行われた。

しかし、将軍出座の場で、改革の大綱、方向性を議論し、最終的な手続きは残して、実質的な決定、或いは、幕議に方向性の枠、拘束性を与える意味があっただろう。（春嶽にとっては、将軍を会議の場に引き出すことで、同じ空間にある老中らの決定権を相対化し、フラットに意見を述べる関係を実現する意味があっただろう。）

御前会議は、春嶽、慶喜という新しい構成員が参加した幕閣で、彼らの声を吸い上げ、従来の裁可型の政治決定を補完・発展させる形式だったというべきか。

家茂はこれを前向きに捉えていたようである。

評議の場となっていた西湖之間に家茂が突然現れて質問するなどということもあった。また、会議に出席するばかりでなく、春嶽を日に五六度も御前に召すなどと、能動的に関わっていたようである。

繰り返すが、家茂は家臣の意見をよく聞いた。一方で、正しいと思ったことは、少数意見でも支持した。臣下の言に耳を傾け、良いと思うことには従うという思い切りの良さがあり、それが人々を感動させ、強い忠誠心を生み出した。

家茂は良き将軍たろうとした。

忠績もそうした家茂の人格的魅力を強く感じた一人だった。それ故に、この若き将軍を支えようという決意が自然に胸の中に湧いた。

しかし、文久三年は、上洛する家茂を江戸で見守るしかなかった。

将軍はじめ主要な幕閣が京都に行き、そこで朝廷と相対するということは、政局の舞台が京都になったことになる。忠績は、前年の文久政治改革の時期には江戸を離れており、今年の将軍上洛に際しては、留守居の老中とともに江戸にいる。まだしばらくは幕政の傍観者の立場にいる。以下、しばし傍観者の目から見た、家茂の上洛から帰府するまでの（京と江戸の）政治史を見てゆきたい。

文久三年二月十三日、家茂は江戸を発った。

家茂上洛の経路は、当初海路を取る予定だった。経費が少なく人的負担も軽減出来るためである。しかし生麦事件の解決がついていない状況に抗議し、英国艦隊が横浜に集結する軍事的威嚇に出た。そのため、急遽、陸路に変更した。

幕府首脳である板倉勝静、水野忠精ら、主要な老中陣が家茂とともに上京した。また、将軍後見役の徳川慶喜と政事総裁の松平春嶽は先に上京している。（老中格・小笠原長行は先に海路で慶喜と共に上京していた。）

家茂は三月四日に入京、二条城に入った。

この時期の朝廷では、関白が近衛忠熙《ただひろ》に替わって鷹司輔熙《すけひろ》が就くなど、尊攘派が勢力を伸張させ、公武合体派が後退した。彼らは慶喜、春嶽らに（家茂の到着する前から）再三にわたり攘夷期限の約束を迫った。将軍上洛の上で奉答、あるいは将軍帰府後速やかに、などと応じていたが、（後見職と政事総裁職が揃っているのだから、将軍が上洛するまでに、と）具体的な期日を迫られ、将軍帰府後二十日以内に、と答えざるを得なかった。

また、春嶽と慶喜の間にも、朝廷との対応を巡り、意見の対立があった。家茂上洛で幕府が目的にしていたのは、朝廷からの庶政委任を取り付けることだった。（その条件として攘夷奉承。）

慶喜は、そういう条件で話が進められている以上、庶政委任の実現のために攘夷決行の約束は避けられないと考えていた。一方、春嶽は、攘夷決行が所詮不可能である以上（春嶽は攘夷期日設定も反対していた）、それを条件として庶政委任を取り付けることに反対し、この際、将軍・家茂が孝明天皇に将軍辞職を表明し、政権を返上するべきだとの論をめぐらせていた。（この時期に、後の「大政奉還」と同様の考えが生まれていた。）

しかし家茂や幕閣・老中の念願は庶政委任の実現に固まっており、春嶽の意見に耳を傾けることはなかった。春嶽は政事総裁職を辞して京を去るが、辞職は認められず、追って三月二十一日に罷免される。

三月五日、（事前工作として）将軍代理の立場で慶喜が御所に参内し、幕府の所信として、攘夷決行を前提とした庶政委任を望む旨を伝えた。これに対し天皇は、庶政は関東に委任する存意であり、攘夷になお出精すべしという勅旨を伝えた。

三月七日、家茂は孝明天皇に謁見。天皇は家茂に「将軍職はこれまで通り御委任」「諸藩へ攘夷決行を沙汰すべし」という二つの命を下した。しかし、同時に関白・鷹司輔熙は五日の勅旨について、国事は幕府に委任するが、事柄によっては朝廷が諸藩に直接命令を下す場合もあり得る旨の表明を行った。つまり、全面的な庶政委任を目論んでいた幕府は牽制された格好になった。

さらにもう一つ問題が持ち上がる。家茂の京都滞在期間は十日間の予定だった。だが朝廷は、三月十一日の加茂神社行幸と攘夷祈願、その数日後の十八日に京都及び近海の防衛強化を理由に滞京の延長を命令した。さらに石清水行幸・攘夷祈願（四月十一日）への随行も命じた。（これには家茂の体調不良を理由に、直前に行幸供奉を断っている。）

四月十八日に帰東を奏請し、それと引き換えのような形で、攘夷決行の期日を求められ、二十日に、五月十日を攘夷の期限とする旨を応答した。

無理やり約束させられた格好であるが、これが現実的でないことは将軍にも幕閣にも分かっている。とは言え、奉答した以上、何もしないわけにはいかない。翌四月二十一日に、攘夷の具体的な措置として、三港（横浜、長崎、箱館）閉鎖を江戸の幕閣に伝達した。これに対しては、五月六日に、三奉行（江戸の寺社、勘定、町）連署で不可能である旨の意見書が出され、事態は進まない。

（攘夷の実行を見るまではということか、東帰の勅許は出ず、）家茂はなおも京・大坂に留め置かれ、この間、（攘夷の姿勢を示すためか）四月下旬から五月にかけて摂海《せっかい》（大坂湾）視察を行っている。

この間、江戸の状況はどうなっていただろうか。

在府の老中は、松平信義、井上正直の二人である。(松平信義〈万延元年十二月二十八日就任〉、井上正直〈文久二年十月九日就任〉)

留守居役は、通常の行政事務取扱で、重大な決定を要する事柄が生じた場合は、京都にいる幕閣の指示を仰ぐべき立場である。しかし、この時期、江戸在府の幕閣は、通常の行政事務で終わるはずはなかった。

江戸で直面しているのは言うまでもなく、条約問題を始めとする諸外国との交渉だった。その中でも、当面、対処しなければならなかった問題は、前年の生麦事件への対応だった。

英国は事件の責任の追及、賠償について早急に応じるように迫り、英国艦隊が恣意行動に出ていた。前述の通り、そのため、家茂上洛のルートが海路から陸路に変更された。

この時幕府は、将軍の上洛を優先し、英国への対応を留守政府に預ける格好で、後回しにした。しかし、それで事態が収まるはずもなく、生麦事件への対処は待ったなしの喫緊の問題となった。

生麦事件の責任問題は、まず当事者である薩摩藩の責任が問われたが、薩摩は不逞の輩の仕業として藩との無関係を主張し、埒が明かなかった。幕府は日本国としての責任を負う立場にあり、賠償問題に迫られていた。（幕府との賠償金折衝の後に、英国は薩摩の責任も問い、七月の薩英戦争につながる。）

三月二十三日、英国との折衝に当たらせるため、京にいた小笠原長行が江戸帰府を命じられ、四月六日に帰着した。（欧米との折衝の中心にいたのは小笠原だった。）

速やかに問題を収拾する（賠償に応じる）べきか、安易に応じるべきではないのか、幕府の体面と、攘夷運動への配慮と二様の論があって、容易にまとまらない幕閣の議論に業を煮やした小笠原は、独断で賠償に応じることを決めてしまう。小笠原は、五月九日に賠償金十一万ポンドを英国代理公使ニールに交付した。

さて、攘夷決行を約束した五月十日になっても、当然のことながら事態は何も進展せず、京には何の知らせもない。

（幕府が何もしなかったわけではない。五月九日、小笠原長行は各国大使に書を送り、横浜、長崎、箱館三港を閉鎖し、在留外国人を退去せしめんことを通告した。翌日、強く拒絶され、早々に交渉は行き詰まる。）

しかし、その日、全く別なところで攘夷が行われるという事件が起きた。攘夷決行日を期していた長州藩が、攘夷の実行を唱えて関門海峡を通る外国船を砲撃した。（攘夷決行の約束期日である）五月十日、下関海峡を航行していたアメリカの商戦を砲撃した。二十三日にはフランス軍艦を、二十六日にはオランダ軍艦を相次いで砲撃した。各国は直ちに応戦、あるいは後日報復攻撃を行った。

この事件は、幕府も対処を求められ、翌年八月には、四国連合艦隊による下関砲撃事件につながり、後々まで幕府を悩ませることになる。

京からもたらされる知らせや長州藩の事件は、江戸をいらだたせるものだったろう。江戸に残った幕閣は、将軍上洛という前代未聞の決断で、朝廷との関係改善の結果、条約問題も進展することを期待していただろう。しかし、期待通りになるどころか、将軍を人質に取られたような形で、事態が後退するのに苛立ち焦るという状況で、小笠原長行は予想もしない行動に出る。英国へ生麦事件の賠償金を支払った小笠原は、その勢いを借りて、親外派幕臣とともに、京の尊攘過激派の一掃を目指して、兵卒一千余を率いて京への進軍（江戸に戻っていた一橋慶喜の擁立）を画策した。（慶喜は進軍に加わらず、小笠原の卒兵上京を京に通報する。）

小笠原は英船を借りて海路大坂に向かい、五月三十日に上陸した。

在京の幕閣は若年寄・稲葉正巳を大坂に派遣して、これを阻止する（六月二日）。また、将軍・家茂も直書を下して小笠原の入京を止めた（六月四日）。その結果、小笠原は進軍・入京を断念し、老中格罷免を言い渡された。

小笠原によるクーデターを止めるために、朝廷も将軍を手放さざるを得ず（京に縛っておくことは出来ないと判断した）、奇妙な形で家茂の東帰の勅許につながった。

家茂は凡そ三カ月間京に滞在し、六月三日に東帰の勅許を得、九日に退京、十六日に江戸に帰着した。

（六）文久三年　後半　江戸・京都

家茂が京から帰府した直後、六月十八日、忠績は老中に就任し、直ちに首座となった。所司代代理として京都取締の功績が評価され、首座となったのは家格の故だろう。

初めて政治の表舞台に立ち、幕政の最高責任者となった。

この時の老中は、水野忠精、板倉勝静、井上正直、松平信義。若年寄は、稲葉正巳、平岡道弘、諏訪忠誠、酒井忠毗、有馬道純、田沼意尊《おきたか》。老中のうち、最も職歴の長い水野、板倉が事実上幕議を主導していた。

「おめでとうございます」

上屋敷へ戻ると、杉野市太郎が祝いの言葉で出迎えた。

「うむ。だが、目出たいと浮かれてばかりもおれぬ」

老中となって幕政を預かる以上、ましてや首座となった以上、直面する政治問題の責任を負わなければならない。

この時、幕府が直面していた問題は攘夷の実行だった。将軍・家茂が上洛し、孝明天皇に攘夷の実行を五月十日と約束した。この時点で約束の期限から一カ月以上過ぎているが、攘夷の圧力はなおも続いていた。その攘夷を具体的にどのような形で実行するか。それが当面の、そして喫緊の問題となっていた。

溜詰の時から幕閣の議論が揺れていたことは分かっていた、いや、行き詰まって停滞していたというのが事実だった。今からその真っ只中に身を置くことになる。

問題はそれに留まらなかった。

「それに、長州のことも放ってはおけぬ」

攘夷決行の日と約束した日（五月十日）に、長州藩が外国船を砲撃した。この事件は生麦事件の場合と同様、いずれ幕府が諸外国に対し、何らかの責任を負うことが想定された。そのことも悩ましい問題だったが、そもそもこの事件が幕府にとって厄介だったのは、長州藩に対する対応が、幕府にとって両刃の剣となりかねないことだった。長州藩の行為を責めれば、では幕府はどのように攘夷を決行するのかと問われることになる。長州藩の主張を正論とする攘夷強硬論が朝廷を席巻する情勢では、長州藩の行為を問うことは、幕府の攘夷が問われることでもあった。

家茂が帰府した後も、朝廷からは、再三にわたって攘夷の督促が出されていた。それにどのような形で対応するか。何とか具体的な方針が立てられるには、これから二カ月先まで時がかかった。


朝廷から攘夷の督促が続く中、一橋慶喜は不可解な行動をとる。再三にわたり朝廷に将軍後見職の辞表を提出した。

一度目は、五月十四日。将軍・家茂に先立って江戸に帰府した後、登城し、攘夷実行を説く。しかし、幕閣に容れられず、鎖港の勅旨を貫徹出来ないことを理由に将軍後見職辞表を関白・鷹司輔熙宛に提出した。これは、六月二日、朝廷によって「後見職を元のように務めて将軍とともに攘夷に尽力するように」と却下された。

その一カ月後の六月十三日、慶喜は、朝廷に対して重ねて即時攘夷の困難さを伝え、「期限があっては攘夷をお請け出来ないので辞職を願いたい。内政を整えた上で攘夷に取り組みたいとの願いが聞き届けられれば粉骨砕身したい」とする内容の奏請書を提出した。これが二度目である。

それからわずか十一日後（忠績老中就任の六日後）の六月二十四日、慶喜は、薩長処分の意見が幕府に容れられないことを理由に、将軍後見職辞表を関白・鷹司に提出した。薩長処分の意見というのは、薩摩（生麦事件）・長州（外国船砲撃事件）を指し、その処分は幕府が行うべきであるとの意味。しかし、英国が（生麦事件について、幕府の賠償を認めながら、薩摩への直接の賠償と当事者の処分を求めて）薩摩に直接交渉に行くことを許した、との理由で、後見職としての実がないとして辞表を提出した。

七月二日、忠績はじめ老中は（酒井忠績・松平信義・水野忠精・井上正直の）連署で、京都守護職・松平容保に書を送り、薩長に関する外交情勢を伝えて、一橋慶喜の辞表を朝廷が許可せぬよう周旋を依頼した。

（そこでは、幕府は薩摩との直接交渉を英国には許していなかった旨があり、慶喜の言い分とは食い違っている。）

慶喜の三度目の辞表に対して、七月四日、朝廷は慶喜の後見職辞表を再び却下し、即時攘夷の実現への粉骨を求めた。

七月十七日、一橋慶喜は（さすがにこれ以上の辞意は諦めたか）、後見職辞表を留める勅書への請書を認め、上京の上、委しく叡慮を伺い、御沙汰次第、捨身の微衷を尽くす決意を明らかにした。

幕閣内で後見職と老中との間に攘夷をめぐる意見の対立があったように見える。しかしそれが本当のところどれほど深刻なものだったかは疑わしい。慶喜はそもそも開国論者であり、攘夷など現実には不可能と考えていた。(その点で老中たちと違いはない。)

慶喜の将軍後見職就任は、朝廷の要望によるものだった。江戸在府の老中より、京の朝廷の矢面に立つ、少なくとも朝廷に近い距離で相対する立場にあった。朝廷にとっては、幕府に攘夷の実行を促す役目を果たすという期待を背負った存在だった。その慶喜が後見職を投げ出すということは、朝廷が幕府に対する攘夷督促の有力な道筋を失うことになる。攘夷督促をかわす戦術だったのかもしれない。或いは、単に板挟みの状況を逃れんとするためのものだったのだろうか。


さて、慶喜の三度目の辞表騒ぎの間、七月二日、英国と薩摩藩との間で薩英戦争が発生した。三度目の辞表の理由にもなっていたが、英国は生麦事件の責任・賠償を幕府ばかりでなく、薩摩にも直接求めるため、英国艦隊が鹿児島湾に向かった。それを薩摩が拒否したため戦端が開かれた。この戦いで、薩摩は城下を焼かれ、全砲台が大破する痛手を負い、七月四日に艦隊が鹿児島湾を去って終わった。

攘夷の実行に悩む中、追い打ちをかけるように、幕府を悩ませる事件が増えたことになる。（その後、薩摩藩では対英和平への気運が高まり、幕府の仲介で、九月二十八日、横浜イギリス公使館において藩代表が幕吏立会のもとにニールと講和談判を開始した。会談は三次にわたり、十月五日妥結した。）


朝廷に約束した攘夷をどのように実行するか。当初、家茂が指示し、小笠原が交渉を試みたのは横浜・長崎・箱館の三港の鎖港だった。しかしそれが現実的に不可能と認識していた。（事実、外国側の強い拒否で、直ぐ暗礁に乗り上げた。）

幕閣は、当面は横浜一港の閉鎖が現実的に精一杯の策とし、家茂もこれを支持して横浜鎖港に決定した。以後、幕府の攘夷は「横浜鎖港」を意味する。

八月十日に、将軍・家茂が老中以下布衣《ほい》（六位相当）以上の有司に「近々鎖港の儀……」を布告している。この時までに横浜鎖港の交渉に入る方針は決まっていたようである。（約束の期限から既に三カ月経っていた。）これは朝廷の要請と（外国との交渉の）現実との板挟みになった幕府の妥協の産物だった。

さて、八月十八日に京で、日付がそのまま名前となった事件、「八月十八日の政変」が発生した。会津・薩摩両藩を中心とする勢力が、朝廷政治の実権を握っていた攘夷強硬論者の公家や長州藩関係者を京都から追放した。攘夷派の公家は攘夷派志士の意向（脅迫）に沿って、孝明天皇の意向を無視して大和親征行幸の勅を出したり、天皇の関知しないところで島津久光上京の勅命を取り消したりなど、朝廷政治を壟断《ろうだん》していた。

この政変によって、京における公武周旋の動きが加速する。

この政変の報に接して、幕議は（また）揺れだす。将軍の布告も出され、決定したはずの横浜鎖港交渉を見直す意見が出、それに同調する気配が強くなった。恐らく幕閣・老中は京の動きを知って、攘夷への圧力も緩和されることを予想・期待したのではないか。しかしその期待は甘かったことを後で知ることになる。過激な行動は望んでいなかった孝明天皇であるが、政変の翌日八月十九日にも攘夷督促を行っていた。

揺れ始めた幕閣に対し、八月二十三日、慶喜は登城して横浜鎖港の実行を主張し、（幕閣の間で揺るがないように）攘夷監察使の東下を朝廷に内請するという一幕もあった。慶喜は八月十三日に、攘夷（横浜鎖港交渉）は八月二十日前後に開始の見込みを京に急報していた、その手前もあったただろう。（このことがまた老中たちの反感を買うのであるが。）

八月下旬、忠績は、

「また京へ行かねばならぬ」

と言って、家中にその支度を命じ、慌ただしい雰囲気の中にいた。

「朝廷への参内でございますか」

「うむ。大きな声では言えぬが、中納言様（慶喜）にも困ったものでな」

上洛の名目は、「八月十八日の政変」後の天機伺いだった。その名目で変の真相、京の状況を掴んでおくことが目的だった。将軍の名代として、幕府を代表しての上洛である。それ故、老中首座である忠績がその役目を担うことになった。

また実情を掴むばかりでなく、攘夷（横浜鎖港交渉）の遅延の事情説明が必要だった。（慶喜が京に、交渉開始の見込みを八月二十日と報告していた。が、その日を過ぎても交渉は始まっていなかった。）天機伺いとして朝廷に参内する以上、それが問われることは避けられない。慶喜は幕府の攘夷決行が揺るがないよう、勅使東下の内請まで行っていた。その勅使派遣を阻止しなければならない。攘夷についての幕議が進まぬ中、朝廷の介入を自ら招くことは避けたかった。

八月三十日、忠績が江戸を出立し、海路で上京の途についた。乗船した順動丸を動かすのは軍艦奉行並・勝義邦（海舟）である。

九月九日、天保山沖に入り、同日上坂した。十四日に参内した。朝廷は、首席老中・酒井雅楽頭に対し、「（横浜鎖港交渉をすると幕府は奏したのに）八月十八日の政変で猶予している模様だが、叡慮に違うので早々に江戸に帰って処置するように」との命令を下した。（事情説明の弁明にもかかわらず、逆に）攘夷の督促を受けたことになる。

その頃、江戸では、ようやく横浜鎖港交渉を開始した。

九月十四日、幕府は江戸の軍艦操練所に米・蘭公使を呼び出し、横浜鎖港の折衝を開始した。この日の会見には老中・水野忠精、板倉勝静、井上正直、有馬道純（文久三年七月就任）、外国奉行・竹本正雅《まさつね》、池田長発《ながおき》らが列席した。

横浜鎖港交渉にあたって、幕府は、まず、書を各国公使に送って、五月に小笠原長行が自分一人の名前で申し入れた攘夷談判の書簡を取り戻し、罪を小笠原に負わせて、日本政府としてはそんな無法な要求はしなかったことを示し、その上で、国内の人心が折り合わず、内争がしきりに起ることを理由に、横浜の一港を閉鎖する（交易は長崎・箱館の二港に移す）談判を行おうとした。手始めに米・蘭が指名されたのは「オランダは旧交の国であり、また、アメリカは最初に条約を結んだ国で、他の国にくらべて親厚の間柄」だからということである。老中らの申し入れに対し、両国の公使は受け入れ難いと述べ、「国内の騒乱を鎮静することに努めないで、かえって外国に対しこのような談判を開くのは、全く政府の弱力を示すもので、国辱の最大なるものである」と忠告し、もし英国公使がこのような談判を受けたらすぐに戦端を開くだろうとまで言った。いずれにしても、このような重大事な即答出来ず、本国に報せ、また英・仏公使とも相談しなくてはならないと答えた。

九月十九日、米・英・仏・露の四国公使は幕府との会見に応じなかった。

九月二十五日、退京して東帰途上にある忠績は、在府老中から（一）鎖港談判は穏やかにするよう朝命を出すこと、及び（二）監察使の東下をやめることを朝廷に奏請をするよう求める書簡を受け取った。（米・蘭との交渉の翌日十五日、幕府は上京中の忠績に書簡で交渉の顛末を知らせ、上記の指示を送った。ところが、書簡が京都に到着したとき、忠績はすでに京都を出発していたため、所司代が行列を追わせていた。）

この書を見た忠績は、京都守護職・松平容保に、鎖港談判は穏やかにすること、及び監察使の東下をやめるようにとの奏請をするよう依頼する書を認めた。

二十七日、松平容保は、十四日に開始された横浜鎖港談判に関する後見職・一橋慶喜及び老中・板倉勝静らの上奏書を受取り、朝廷に上奏した。さらに、東帰途上にある忠績からの周旋依頼を受け、朝廷に関東の事情を説明して、諸藩に軽挙暴発をいましめる朝命を下すことを懇請した。

容保の周旋もあって、十月七日には幕府に攘夷を促す別勅使は沙汰やみとなり、十二日には「攘夷はすべて幕府の指揮を受けるように」との勅命が下ることになる。勅使派遣が沙汰やみになったことで、忠績の上洛の目的は一応果たされたことになる。しかし、鎖港交渉を始めたタイミングが遅れ、江戸からの書簡が、忠績が京を離れた時に届くなど、段取りの悪さ、不手際の感は否めない。

一方、漸く横浜鎖港交渉を始めたものの、(予想通りと言うべきか)強硬な(戦端を開くとまでの発言があった)抵抗を受けた。その後も交渉の進展が全く見込めず、本国政府と直接交渉させるため、横浜鎖港交渉使節をヨーロッパに向けて出立させることになった。十一月二十八日、正使に外国奉行・池田（修理）長発《ながおき》、副使に同・河津祐邦が任命され、二十九日、横浜鎖港談判使節団は、仏国公使館通訳ブルックマンを伴い、仏国軍艦ル・モンジュに乗り神奈川を出航した。

横浜鎖港交渉は翌年に持ち越されることになった。文久元年の両都両港開市開港延期交渉の遣欧使節に続く、二度目の条約交渉のための遣欧使節派遣である。しかし前回と違って、その交渉が成立する見込みは非常に低かった。

（横浜鎖港に関する交渉は、横浜を対日貿易・交渉の拠点と考えるフランスの抵抗にあい失敗に終わった。また正使である長発自身も西欧の文明の強大さを認識して開国の重要性を感じ、交渉を途中で打ち切り、一行は他の国には寄らずそのまま帰路に就き、元治元年七月二十二日に帰国した。）

幕府にとって、この年の後半に、横浜鎖港交渉と並んで、もう一つの政治課題となったのは将軍・家茂の再上洛である。八月十八日の政変後、京では将軍の上洛を促す動きが活発化していた。

（七）元治元年（1864）京都・江戸・姫路

文久三年十一月五日、藩邸（上屋敷）に戻ると、忠績は、杉野市太郎に、

「京に行くことになった」

と言った。

「今日、上様のお伴を命じられた」

忠績の上洛はこれで三度目である。今回はこれまでと違って、将軍・家茂の上洛に随従を命じられた。

「上様がまたご上洛とは」

前の年に、将軍の上洛という歴史的出来事があったばかりだ。それなのに再び上洛とは。市太郎にも、政治情勢がいよいよのっぴきならないことになってきたのだと感じた。

京（朝廷）で将軍の再上洛を促す動きが活発化したのは、八月十八日の政変で、尊攘過

激派の公家が一掃された結果、朝廷政治を担う人材が不足する事態になったためで、これを幕府と有力大名による参与会議を結成して、それに国是の形勢・決定を委ねようとした。

朝廷、幕府、有力大名による国是確立は春嶽の従来の持論でもあった。それに賛同した島津久光が十月に、再び兵を率いて上洛する。久光の上洛で、参与会議は、（朝廷にとって）現実的な可能性を感じさせた。

十月十一日、朝廷は京都守護職・松平容保に命じて、将軍・家茂を再び招見する朝旨を伝達している。

これに対して、忠績をはじめとする老中は慎重な姿勢だった。十月十七日に、政事総裁・松平直克《なおかつ》以下、忠績、水野、板倉ら老中の連署で、横浜鎖港の交渉中であることを理由に、将軍の上洛を辞退し、代わりに後見職・一橋慶喜の上洛を願い出ている。（文久三年十月十一日、松平春嶽の辞職以降空席となっていた政事総裁職に、川越藩主・松平直克が就任。）

公武一和の実現とは言え、参与大名が直接国政に介入することに、老中幕閣は拒否反応を示した。加えて、前年の将軍・家茂上洛の結果、庶政委任は果たせず（制約され）、攘夷決行の日限を約束させるまでの事態になったことを考えれば、再上洛には慎重にならざるを得なかった。

事態を打開したのは、やはり（前回の上洛と同様）家茂自身の決断だった。

十月二十九日には朝廷が重ねて将軍・家茂の上洛を促し、十一月四日には、松平春嶽の意見を（軍艦奉行・勝義邦を通じて）伝えてきた。

翌五日に、家茂は上洛の旨を布告した。

前回の上洛以上に、家茂の強い決断があったことを伺わせるのは、その後である。布告の直後、江戸城に火災があり、それを理由に、元来上洛に反対だった家臣（大小目付ら）から激しい上洛反対の声が上がったが、それを打ち破ったのは、（上洛推進派の京都町奉行・永井尚志の言上もあったが）最終的に家茂自身の決断だった。

上洛の布告と同時に随従および留守居の人員を定めた。老中のうち、酒井忠績、水野忠精、有馬道純は家茂の随従、板倉勝静、井上正直、牧野忠添（文久三年九月就任）は留守居を命じられた。将軍後見職・一橋慶喜、政事総裁・松平直克は将軍に先行して上洛した。

十二月二十七日に海路で出発。年が明けて一月十五日に二条城に到着。（二月二十日に年号は文久から元治に改められた。）

一月二十一日と二十七日、二度参内し、天皇は宸翰《しんかん》を下す形で、将軍、大名、力を合わせて天下の事を自分とともに一新してもらいたいと願うものだった。

前年末に既に朝廷から、一橋慶喜、松平容保、松平春嶽、伊達宗城《むねなり》、山内容堂の五名に朝議への参与が命じられており、彼らを幕議に加える形で、挙国一致のための国是（を形成する）会議が計画されていた。（島津久光も官位を授与された上で参与を命じられた。）

参与会議に参加する予定だった大名（久光、春嶽、宗城ら）は開国論者であり、攘夷を不可能と考え、主張していた。とくに久光は朝廷に対して開国に転じる画策をしており、幕府にとっても、事態を進展させる好機だったはずである。（八月十八日の政変以後、京に於いて薩摩が勢力を伸ばし、久光は朝廷を開国に転化させようと画策していた。）

それにもかかわらず、幕閣が横浜鎖港の態度を堅持したのは、前年末（将軍上洛とほぼ同時）に談判使節を派遣したばかりのところであり、その成果を見るまでは安易に方針を変えられないという事情もあった。が、より大きな理由は、この参与会議は、（幕府の主導権を重視する）老中にとって、幕府政治の枠外で国政の評議が行われることに大きな不満があった。

参与と老中の対立ばかりではなく、参与の間にも対立があった。久光、春嶽、宗城らは攘夷（横浜鎖港）は不可能としていたが、慶喜は幕府が攘夷を奉勅した以上、あくまでその実行に固執・主張した。

この対立が激化したため、参与会議は、三月中に事実上解体した。

元々開国論者である慶喜が、何故そこまで攘夷奉勅に固執したのか。

慶喜が将軍後見職に就いたのは、朝廷から攘夷の実現を期待されたという事情があった。また、再三の辞職騒ぎの際、朝廷から辞表を却下され、攘夷実現への粉骨を求められ、衷心を尽くす旨を誓った。その経緯を考えれば、攘夷を奉答した以上、彼が攘夷を主張することは筋が通ってはいるが、もとよりその言葉を額面通りには受け取れない。

八月十八日の変によって、過激尊攘派が京から追放されて以後も、孝明天皇は攘夷の速やかな実行を求め続けた。が、今回の参内の際に下された宸翰では、それに比べると一歩退いた感があった。(「無謀の征夷」は「好」まない、議して「一定不抜の国是」を定めよ云々。)

それに違和感を覚えた慶喜は、その宸翰が薩摩(久光)によって起草されたものと知る。つまり、参与会議は島津久光によって提唱され、その開国論も薩摩の筋書に従ったものだと。

参与会議によって国是が成立すれば、幕府の枠外で、それも薩摩の主導で重要な政治的意思決定が行われることになり、参与会議は事実上、薩摩の主導する国政会議になる。慶喜、そして老中ら幕閣が反対したのは、薩摩主導による政治体制に反対・抵抗したのだったと言えるだろう。

司馬遼太郎の『最後の将軍』に、一橋慶喜と酒井忠績が対面する場面が描かれている。家茂の上洛に随行して（或いは先行して）入京した慶喜と忠績（ら老中）は、二条城内で幕府の出方について話した。

慶喜は、参与会議の議論の流れが開国論に大きく傾き、朝廷を説得しようとしているのを好機と捉え、（幕府も朝廷に対して）明確に開国を主張すれば、条約問題を一気に解決出来るのではと考え、忠績らにそう諮った。

それに対して忠績らは、薩摩（島津久光）の朝廷に対する裏工作により、帝周辺（側近）をにわかに開国色に染めている情況を伝える。

今幕府が開国を打ち出せば、薩摩は朝廷及び政治情勢を完全に牛耳ることになり、幕府も薩摩主導の下に入ってしまうことになる。

「昨日は長州の攘夷に従い、今日は薩州の開国に従う。幕府の面目はどこにあります。もしいま開国方針をうち出せば薩の権威は虹のごとく騰《あが》り、ついには手に負えなくなりましょう。中納言様がその説をおとりあそばすなら、われわれは辞任帰国を願い出るほかございませぬ」というのが忠績の言である。

それによって慶喜は態度・方針を変え、参与会議で強く横浜鎖港を主張した。『最後の将軍』では、慶喜は、忠績ら幕臣の情報によって薩摩（久光）の動向（朝廷工作）を知ったことになっている。

慶喜も忠績ら老中もそれぞれに朝廷内の動向を知る情報網を持っていただろう。だが、慶喜は参与会議を構成する一人でもあり、（忠績らよりも）朝廷に近い距離にあったのだから、薩摩（久光）の動きもより早く知ることが出来たのではないかと思われる。

しかし薩摩の動きを知ったのがどちらが先だったにせよ、薩摩の動きを制止することが結論になったわけで、この時、一橋慶喜と幕閣老中の行動方針は同じだった。しかし、両者の間にどれほど緊密な連携が取れていたかは疑わしい。

後見職辞表を繰り返した時と同様、相変わらず、慶喜の（行動の）真意は伺い知れない所がある。慶喜が、薩摩（島津久光）が朝廷と国政を席巻することを警戒したのは間違いないと思われるが、幕閣老中との間に信頼関係が築かれていたとは思えない。

慶喜には、老中の思惑に関わらず、別の考えがあったのだろう。慶喜は、朝廷の政治を独自にコントロールすることを目論んでいたのではないか。

と言うのは、老中幕閣が参与会議を忌避し、幕府単独の権威回復をしようとしていたが、そこに明確な戦略があったとは思えないからである。

幕閣老中が今回の将軍・家茂上洛で目論んでいたのは、（前年に実現出来なかった無条件の）庶政委任を取り付け、幕府の主導権を取り戻したうえで、開国政策に切り替えることだったろう。しかし形の上で庶政委任を取り付けても、そこから先に展望が開けるのだろうか。庶政委任後に、朝廷が開国に同意する保証も見通しもあるわけではなかった。朝廷（天皇）に開国の必然性を説くことが出来る人間は、老中幕閣の中にはいなかった。幕府が勢いを取り戻せれば（事前に勅許を得ることがなくとも）、幕府の政策に追認を得ることが出来ると考えていたのだろうか。

慶喜はそんな幕閣を見限っていたのではないだろうか。

三月二十五日、一橋慶喜は将軍後見職を辞し、新設された禁裏御守衛総督・摂海防禦《せっかいぼうぎょ》指揮に就任した。（朝廷を守護する総責任者というべき役職である。）

この新しい役職が設けられ（慶喜が就任した）経緯の詳細は分からないが、恐らくは、慶喜が発案し（幕府の合意を得て）朝廷に折衝したものだろうと思われる。少なくとも、慶喜の意図に沿うものだったのは間違いない。慶喜はこの役職を、己の考えに沿って対朝廷政策を進める足掛かりと考えていただろう。それは以後の人事で明らかである。

慶喜の新職就任に伴い、四月七日、京都守護職を退いていた松平容保が復帰(再任)し、四月十一日、容保の実弟で桑名藩主の松平定敬が京都所司代に任ぜられた。

禁裏御守衛総督・摂海防禦指揮は、京都守護職、京都所司代を指揮下に置く。ここに、京都における「一会桑政権《いちかいそう》」が成立した。一会桑政権は、その後(慶喜が企図したように)京の政局を主導する機能を果たすことになる。

四月二十日に、前尾張藩主・徳川慶勝、政事総裁・松平直克、老中・酒井忠績、水野忠精が参内し、朝廷を代表して関白・二条斉敬が幕府に庶政を委任する勅旨を下した。所謂、「元治の庶政委任」である。(参内した家茂に対して朝廷は横浜鎖港を必ず実行するよう指示し、松平直克及び水戸藩主・徳川慶篤がその実行者に指名された。)

幕府にとっては目論み通りの結果となり、家茂再上洛の目的は一応果たされたことになる。しかし、その条件である横浜鎖港の実現の見通しは立っているわけではなく(むしろ後述するように、ますます困難になり)、また参与会議解体の結果、有力諸侯の協力を得る見込みも立っていない。

参与会議解散の報は江戸の幕閣にも伝わり、在府老中からは、今回のような不平を残した形での解散は好ましいものではなく、幕府と朝廷諸大名が対立したままの状況は危険であり、親幕的な大名の協力を得ることを厭うべきではない旨の意見が届けられた。

将軍上洛に当たって、幕閣は京都（将軍随従）と江戸（留守居）とに分かれたが、将軍はじめ、後見職、総裁職も含め、老中の主要な顔触れは京にあり、意思決定の主導権は京にあった。しかし重要な行政はまだ江戸で行われており、前回同様に、留守政府は今回の将軍上洛期間中にも重要な問題に直面した。

将軍・家茂の帰府（五月）までに、江戸留守居役の老中が直面した問題は、（長州による外国船砲撃事件以後の）諸外国との折衝と、三月に発生した「水戸天狗党の乱」だった。（江戸と京の老中は頻繁に書簡を交わす形で政治状況の報告や要請を行っている。多くは江戸から京への報告・要請。重要事項については、必要に応じて京からの指示もあっただろう。）

外国との折衝で差し迫った問題となったのは、前年五月に長州藩が米仏蘭等の外国船を砲撃した事件である。英国公使オールコックは長州への遠征を強く主張し、江戸幕閣はそれを留めるために、彼との折衝の場を持たざるを得なかったが、制止することは出来ず、八月の下関砲撃事件に至る。

それ以外にも、江戸の留守幕閣は、盛んに在京幕閣へ、早急に朝廷を説得して開市開港の勅許を得ることを要請している。

横浜鎖港問題は、前年九月に各国との折衝を行って拒絶され、十二月に本国へ談判使節を派遣したところであるから、その折衝の結果を待つしかなかったはずであるが、そもそも遣欧使節団が成功する見込みは低く（在府幕閣はそう考えていた）、また、前回の文久元年の遣欧使節団派遣によって、両都両港開市開港を五年延期したものの、所詮時間稼ぎに過ぎず、時が来れば開市開港を実施しなければならない。幕府が行うべきことは朝廷に開国を説得し許可を得るしかない情況であることに変わりなかった。

在府幕閣は英国等の矢面に立つ形になり、気が気ではなかっただろう。

条約交渉とともに在府幕閣を悩ませたもう一つの事件が「天狗党の乱」だった。

四月初めに、江戸から在京幕閣に、筑波辺りに水戸浪士ら浮浪の徒が集まる不穏な情勢を伝えている。（これが「天狗党の乱」に発展する。）

天狗党は、水戸藩第九代藩主に徳川斉昭が就いたとき、彼の進めた藩政改革を支持し、その担い手となった藤田東湖・会沢正志斎《せいしさい》らを中心とする藩内少壮の士のグループとして誕生した。しかしその後、グループ内に意見の違う派が生じるなど集合離散を繰り返し、時期によって編成が異なる。その一部は藩内の弾圧から逃れて脱藩し、薩摩など他藩の浪士らと合流して坂下門外の変などを起こした。

京で尊攘運動が盛んになると、水戸藩内にも尊攘派の結集が進み、文久三年三月、将軍・徳川家茂の上洛に伴って一橋慶喜が上洛し、（慶喜の兄である）水戸藩主・徳川慶篤《よしあつ》にも上洛が命じられた。この時、武田耕雲斎、山国兵部、藤田小四郎（藤田東湖の四男）などの面々が追従し、京都において、長州藩の尊攘派との交流を通じて尊攘派としての結集を堅固なものとした。

水戸藩の尊攘派は、横浜鎖港が一向に実行されない事態に憤り、藤田小四郎は、幕府に即時鎖港を要求するため、非常手段をとることを決意した。小四郎は北関東各地を遊説して軍用金を集め、元治元年三月二十七日、筑波山に集結した六十二人の同志たちと共に挙兵した。（小四郎は二十三歳と若輩であったため、水戸町奉行・田丸稲之衛門を説いて主将とした。）

狭義の天狗党はこの時に決起した集団を指す。

将軍帰府までの間に、江戸在府の老中は在京の幕閣に、再三にわたり天狗党に関する報告を送っている。

水戸藩によって鎮静化をはかってもらいたいと掛け合っているが、かなりの大軍で、水戸藩だけでは鎮静するのが難しいかもしれないという状況や、水戸藩主・徳川慶篤が処置の見込みがない（自力では解決出来ない）旨を江戸に訴えていること、などを知らせていた。水戸藩では、過激攘夷派が藩政を握っていたため、藩主慶篤は「幕府が横浜鎖港を実行しない限り筑波山に立て籠る激派の鎮撫は出来ない」と訴えていた。

その間、京では四月二十日、幕府に庶政委任の勅旨があり、その条件として横浜鎖港の実行を指示した。

将軍・家茂は、五月七日に退京して大坂城に入る。十六日に大坂港を出港し、海路で江戸に向かい、二十日に帰府した。

幕閣では、「天狗党の乱」に対する対処として、その鎮圧を優先する忠績ら老中と、横浜鎖港を優先する政事総裁・松平直克が対立した。その一方で、横浜鎖港の優先を主張していた水戸藩主・徳川慶篤は、天狗党の活動が大きくなるにつれ、無秩序、暴徒化するのを知り、考えを改め（老中に説得され）、鎮圧の方針に転じる。

六月三日早朝、登城した直克は板倉勝静・酒井忠績・諏訪忠誠・松平乗謨《のりあきら》の四人を排除するよう家茂に迫り、彼らを登城停止に追い込んだが、翌日には鎮圧派の意を受けた慶篤が登城して直克を激しく非難し、直克もまた登城停止に追い込まれ、十日間余にわたって江戸城に主要閣僚が誰も登城しないという異常な状態が続いた。十八日には直克の要求通り板倉ら四人（酒井忠績、板倉勝静の両老中と、諏訪忠誠、松平乗謨の両若年寄）が罷免されることになったが、二十日に家茂の御前で行われた評議において、直克が筑波勢の武力討伐に反対したことで牧野忠恭・井上正直から厳しく批判され、また奉行・目付らも直克に猛反発したため、二十二日に直克は政事総裁職を罷免された（「六月の政変」）。

直克の失脚によってようやく筑波勢鎮圧の方針が定まり、七月八日、若年寄・田沼意尊が追討軍総括に任命された。

天狗党と追討軍は水戸周辺や那珂湊で戦い、十月二十三日、那珂湊の合戦で千人余が投降した。残党は京に上り、朝廷に攘夷の素志を訴えようとしたが、越前に至った時、追討軍の総攻撃のあることを聞いて、十二月二十日に加賀藩に投降した。

「六月の政変」で忠績は老中を罷免になった。およそ一年の老中だった。しかしこの任期の短さは、忠績が例外だったわけではなく、安政の五カ国条約以後は、老中が短期間に

（多くは一、二年で）入れ替わっている。文久二年五月に退任した内藤信親を最後に、以後十年以上務めた老中はいない。十年どころか五年に任期を務めた者さえいない。安政以後では、文久二年三月から慶応二年六月までの四年三カ月務めた、水野忠精が最長である。

また、任期が短くなるとともに、同じ人間の再任が珍しくなく、再々任の例さえある。そして一時期における人数が増え、阿部正弘の時代は四、五人だったのが、幕末には六、七人に増えている。

これは単に人材の枯渇というだけではない。条約問題をきっかけに、朝廷の介入を招き、それまでになく政局が流動化し、その一つの結果として、将軍後見職、政事総裁職、京都守護職などの新しい役職が設けられて、幕閣組織が複雑化したことなども関係があるだろう。

つまり、政治状況がそれまでになく目まぐるしく変化し、特定の人間（一人、あるいは少数の）が長期間にわたって指導力を発揮することが難しくなった。同時に、対処する問題が増え、老中・若年寄の役割分担も多岐にわたり、人員の増強も必要になった。

忠績は溜詰となった。再び傍観者の立場になった。が、傍観者のままでいることは許されなかった。幕閣の人事が目まぐるしく入れ替わり、老中の再任、再々任も珍しくない情況では、忠績も（経験者であるがゆえに）いつまたお鉢が回ってくるか分からない。そう考えなければならないほど、幕府の直面する政治状況は緊迫し、前例のない事態が現れていた。

この頃、条約問題や京都の政局の他に、忠績を悩ませる問題がもう一つあった。国許である姫路藩における攘夷運動の高まりである。

（前述したように）半世紀にわたって藩政を支えた名臣、寸翁・河合道臣は、教育振興、人材育成にも力を注ぎ、私財を投じて、学問所・仁寿山黌を設立した。以後、多くの藩士はここに学んだ。仁寿山黌では国学教育も盛んで、尊王思想が広まる素地があった。ただ、寸翁自身も、そして彼の執政時代以来、姫路藩は公武一和を藩是としていた。

それは当然のことと言えた。酒井家は井伊家と並んで最古参の徳川譜代大名の一つであり、大老四家の一つでもある。そのような酒井家の国許が、幕府の方針に異を唱えるような状況はあり得ない（許されない）ことだった。

しかし、藩主・上層部と下級藩士の意見が食い違い、政治活動の方向もバラバラになるという矛盾を抱えた藩が少なからずあった。

姫路藩は京に近いこともあって、仁寿山黌での国学教育が、京における攘夷運動の高まりの影響を受けて、攘夷思想への共鳴を生み、（寸翁や藩上層部の方針とは異なって）攘夷運動が高まった。尊王攘夷派の中心にいたのは河合屛山（良翰、寸翁の養子、文久二年に家老に復職）であり、彼らの活動は「姫路勤王党」と呼ばれる派を形成した。

文久二年、忠績が（姫路に国入りする途中で）初めて上洛し、京都所司代代理を務めていた時、姫路から上京した藩士の一人が河合宗元（惣兵衛）である。（忠績に対して、京都所司代だった酒井忠義は奸曲ゆえ、力を貸すことは無用と諫言した人間である。）

彼も勤王党の一員で、現場の活動のリーダー格だった。

忠績の悩みを深くしたのは、攘夷藩士の活動は、藩を越えて連携し、活動の範囲を広げ、しかもその活動が過激化したことである。京が政局の舞台になり、志士（と呼ばれた攘夷藩士）も京に集結し、彼らの連携の場ともなった。その活動はさらに過激になり、テロ活動へと発展する。

忠績が京、姫路に滞在している間は、目立った行動はなかったが、忠績が江戸に発った後、彼らの行動が激化した。

姫路藩士のテロはまず姫路で起きた。文久三年一月十二日、姫路の鍵町紅粉屋の主人、児島又左衛門政光が、河合伝十郎、江坂栄次郎ら七人の若い勤王派によって暗殺された。酒井家の御用商人として苗字帯刀を許された六人衆（の一人）でありながら、筆頭家老の高須隼人らと組んで米を買占めるなど悪どい商売に手を汚して、藩内佐幕派に通じる奸賊と見做されての暗殺だった。この紅粉屋暗殺事件は、国論を二分する勤王と佐幕の対立が、藩内にも及んできていることを強く印象づけ、城下の人々を戦慄させた。

文久三年の春（年明け）、河合宗元は江坂元之助・伊舟城《いばらき》源一郎・市川豊次らを伴って再び上洛した。彼らはその後に京で起こるテロに加わる。（京都偵察の名目で攘夷派の姫路藩士七名が誓紙を提出して京に派遣された。但し、これは藩の正式な命令を受けたものとは考えられない。）

文久三年一月二十八日　公卿・千種家の家臣（雑掌）・賀川肇が暗殺された。京都所司代・酒井忠義の用人・三浦七兵衛と親交があり、忠義、七兵衛と主人・千種有文との間を斡旋し、岩倉・千種ら公武合体派に協力したとして尊攘派に睨まれていた。この暗殺には江坂元之助、伊舟城源一郎、松下鉄馬、市川豊次、萩原虎六らの姫路藩士が加わっていた。屋敷に十数名の浪士が押し入り、賀川を探したが見当たらないので子どもを殺そうとし、見かねた賀川が飛びだしてついに殺害されたと伝えられている。

目的がどうであれ、子供にまで刃を向けるのは、もはや理性も人間性も失った（捨て去った）暴徒と化していた、と言うしかない。

志士の行動とは、そういうものだった。

上京した河合宗元は、四月十日、禁裏御所御守衛人組頭に任命された。恐らく、忠績の在京期間中に、宗元らが長州など他藩の攘夷藩士や攘夷派公家と交わり、その筋の手配によるものと考えられる。宗元は特に三条実美の邸には在京中、一日として伺候しない日は無く、実美も宗元が来ないことがあれば書を遣わして招いたという。

（その後、朝廷を守る御親兵に任命されるが、八月十八日の政変後、御親兵は解散された。九月、河合宗元ら姫路藩の志士たちは、京都退去を命じられる。）

五月二十日、儒者、松嶹《しょうとう》・家里新太郎が二条城外で刺客に襲われ、殺害された。家里は京都に住む町人儒者で進講と称して京都守護職屋敷や所司代屋敷に出入りし、尊攘派浪士の動静を報告していた。尊攘派志士から公武離間活動をしていると誤解された。この暗殺には、姫路藩士・江坂元之助、伊舟城源一郎、松下鉄馬、市川豊次、萩原虎六らが加わっていた。

（また、同日、姉小路公知《きんとも》が暗殺される。元来攘夷派だった公知は、幕府〈勝海舟〉の説得、懐柔を受けて、開国派に傾いたと噂が立った。）

京におけるテロはその後も続く。

八月十七日、孝明天皇による攘夷祈願のための大和行幸が決定されたのに呼応して、尊王攘夷過激派が、江戸幕府を追い詰めるため大和に挙兵し、大和五条の代官所を襲撃した。「天誅組の乱」と呼ばれた。

十月十二日、（八月十八日の変後）孤立無援となった天誅組を応援すべく平野国臣らが但馬国生野において挙兵した。「生野の変（但馬の変）」と呼ばれた。

これらの事件にも姫路藩士が参加、或いは関与していた。

（河合宗元らは、上京中の忠績にも接触している。九月九日、河合宗元、伊舟城源一郎が大坂蔵屋敷にて、〈八月十八日の政変後の天機伺いで〉上洛していた忠績に面会した。忠績は二人に、江戸に行って老中・板倉勝静に京の政情を報告するよう命じる。政変後、京における攘夷派の状況が変わっていたからか。）

さて、年が明けて、元治元年である。この年、姫路藩の攘夷派対策が急展開する。一月に、忠績は将軍・家茂に随行して上洛する。家茂の二度目の上洛であり、忠績本人にとっては三度目の上洛だった。（一月二十日、忠績は、家茂の右大臣宣下にあたり、御用掛を命じられる。）

前年までの攘夷運動の激化で、公武合体策が尊攘派から激しい攻撃を受けていたが、姫路藩が公武一和の藩是が変更されたわけではない。攘夷派（姫路勤王党）は幕府一辺倒に偏ることを恐れ、二月に家老・河合屏山（良翰）が直々藩主へ抗議のため上京する。屏山は忠績に面会し、勤王の大儀を説く。忠績は、江戸に行って、忠敬《ただあき》（養嗣子）を説得するよう命じる。ところが、四月に、屏山が江戸に着く頃、忠敬が病死する。

この忠績の行動と経緯が不可解である。何故、忠績は、屏山に忠敬を説得するようになどと言ったのだろうか。この時、養嗣子・忠敬は十七歳である。藩政の重要な決定を委ねられるとは思えない。

忠績はもしかしたら、隠居を考えていたのかもしれない。忠績が酒井家本家を継ぐにあたって、稲若（先代・忠顕の実子）を家督相続者にするよう条件を付けた。しかしその稲若は文久元年十月に死去した。第二の相続人・赳若（忠顕の実弟）が元服して忠敬となっていた。隠居して、本家忠顕の血筋の戻そうと考えたのだろうか。

しかし、忠敬の死によってそれもかなわず、忠績は跡継ぎ問題に悩んだ。その後、八月六日、忠績の実弟・幸五郎を養嗣子にする（後の忠惇《ただとし》→第九代藩主に）。本家・忠顕の血筋を藩主に置くことは出来なかったが、跡継ぎ問題はここで一応落ち着く。

五月、忠績は将軍・家茂とともに江戸に帰府する。

江戸藩邸で、（忠績は態度が変わったように）河合屏山（良翰）に謹慎を言い渡し、屏山は江戸・染井村に幽閉された。

実は、二月に、屏山の上洛に随行して姫路を発った河合宗貞（伝十郎、宗元の養子）と江坂栄二郎が脱藩した。姫路では宗貞脱藩の発覚をきっかけに、攘夷派の探索が厳しくなった。（四月二日、この責めを受けて、境野求馬〈伝十郎の実父〉が切腹。）

これが姫路藩における攘夷派の弾圧、処罰の始まりである。姫路及び京でのテロ活動に加わった者が次々と検挙・逮捕された。

十二月二十六日には逮捕された者の処罰が決まる。

脱藩、賀川・家里らの殺害、天誅組、生野の変などへの関与、その他の罪を理由に、斬首二名、切腹六名、（家名断絶）終身禁獄六名、蟄居謹慎十八名、その他何らかの罪に問われた者は計七十名に及んだという。攘夷派に対する厳しい処罰、断罪だった。これをこの年（元治元年）の干支に因んで「甲子の獄」と呼ばれた。

「甲子の獄」は、筆頭家老・高須隼人始め藩の上層部の方針、指示であるが、忠績の同意（意向）もあっただろう。

忠績が幕閣の筆頭（老中首座）にあったことを思えば、（その立場上）国許の攘夷運動が抑えきれないなどということは許されないことだった。そう考えれば、この厳しい対応も当然と言えるかもしれない。


話を、忠績が罷免された六月以降に戻す。

七月十九日、京で「禁門の変（蛤御門の変）」が起きた。八月十八日の政変で京から追放された長州の攘夷派は、勢力挽回を画策していた（六月五日には「池田屋事件」）が、七月になって遂に軍事行動に及び、会津・薩摩藩を中心とする公武合体派の守備軍と衝突した。長州軍は敗退し、長州側に与した宮・公卿は処罰された。

その後の朝議で、長州は朝敵とされ、七月二十三日には長州藩追討の令が出された。（翌日には中国・四国・九州の二十一藩に出兵令が下された。）

朝議に参加していた禁裏御守衛総督・一橋慶喜は将軍の上洛を促し、朝廷もそれを期待した。

それを受けて、八月二日、将軍・家茂は長州征討を表明（宣旨）した。しかし将軍親征について、老中の間で意見が割れた。それが長州征討の動きを遅らせることになる。

長州追討令が出た直後、八月五日、「四国艦隊下関砲撃事件（馬関《ばかん》戦争）」が起きた。英仏米蘭の四カ国連合艦隊が下関海峡に遠征し長州藩砲台を砲撃、陥落させた。前年五月に、攘夷決行を期して、長州藩が、下関海峡を通過した米商船、仏・蘭軍艦を砲撃した。それに対する報復の軍事行動であり、幕府の対応への不満の表明でもあった。艦隊が長州へ遠征することを幕府は察知していたが、阻止出来なかった。

外国勢の優位の前に長州藩は屈服し、八日に休戦交渉を申し入れ、十四日に講和が成立した。幕府は長州征討が決まったので艦隊に退去を要請。外国側も賠償等の責任は幕府が負うものと、九月に幕府（若年寄・酒井忠毗）と四国代表が会見・交渉し、賠償に関する協約が調印された。三百万ドルという莫大な額だが、下関開港の二者択一の提示だったので、幕府は賠償金を選択せざるを得ない。しかも巨額の償金は事実上支払いが困難であっため、その猶予と引き換えに、条約勅許の上に、関税一律大幅切下げという重大な譲歩を余儀なくされた。これによって幕府の横浜鎖港交渉も止めを刺された格好である。(それ以前、七月二十二日、横浜鎖港談判の遣欧使節が交渉に失敗して帰国。既に鎖港の道は閉ざされていた。)

これで外国との交渉は完全に行き詰まった。もはや外国側に譲歩を求めることは出来ず、あとは開国を朝廷に認めさせるしかない。

一方で、禁門の変後の攘夷派の後退した状況は、積極的な開国政策に転じる機会になるとも考えられた。(同時に、この砲撃事件は、長州藩にとって更なる打撃であり、幕府が長州征討を行うには絶好の機会だったはずである。)

禁門の変後、老中・阿部正外《まさと》は天機伺いを兼ねて上京し、十月一日、慶喜とともに参内し、しばらく鎖港を猶予し、速やかに長州征討の軍を進めるべき旨の命を受け、さらに将軍上洛督促のために帰東を命じられた。

六月の政変後、新たな顔触れになった老中幕閣は、禁門の変や四国艦隊下関砲撃事件で攘夷派が挫折した状況を、幕府の権威回復(即ち開国政策推進への政策転換)の好機と見ていた。

しかし、その後も幕府の動きは鈍かった。将軍進発について、老中の間で意見が割れた。

水野忠精、阿部正外、松前崇広《まつまえたかひろ》らは、早期に朝敵・長州藩の征討に将軍進発を実現することが必要と考えていた。将軍親征によって幕府の武威を示し、その勢いで朝幕の融和を図り、開国政策への転換へと持っていこうと考えていたようである。事実、十月に上洛した阿部は、朝廷から（長征を理由に）横浜鎖港の猶予を取り付けており、その流れのなかで（長征が、考えたような形で成功すれば）政局をさらに進展させることも可能と考えていたらしい。

一方、諏訪忠誠、牧野忠恭両老中が中心となって将軍進発反対派を形成し、より復古的な形での幕府の権威回復を考えていたらしい。軽々しく将軍を動かすべきではない（もちろん上洛の必要もない）というわけである。しかし、牧野、諏訪らがどのような戦略で復古的な権威回復を実現しようとしていたかはよく分からない。禁門の変後、幕府にとって有利になった状況の中で、（強引にでも）昔ながらのやり方で政治を動かしていけると考えていたのだろうか。（復古政策の一例として、九月には、文久の改革で実施された参勤交代の緩和を旧に復す命令が出される。これは大名の大きな反発を買う。）

老中幕閣のなかで、牧野、諏訪の発言力は大きかったようだ。（後述するように）第一次長征で結局、将軍・家茂は動かなかったことや、参勤交代の復活令などからそれは伺える。

征長総督に元尾張藩主・徳川慶勝が任命されるが、幕閣の意見がまとまらない状況を見てか、辞退していた。結局、将軍進発が決定されないまま、松平容保（慶勝の弟）らの要請により、戦後処理も含めた全権を委任されることを条件に、慶勝の総督就任が決まり、彼を中心に軍事行動が開始される。

十月二十二日に、大坂城で招集、軍議を行い、翌月十八日に総攻撃することを決定（指令）した。これに対し長州藩は、禁門の変の主導的な役割を果たした三家老に自刃を命じ、藩主毛利父子の恭順の意を幕府に伝えた。これによって、総督・徳川慶勝はあっさりと撤兵を決定し、十二月二十七日、征討に参陣した諸大名に撤兵・帰休を命じた。実質的な軍事行動、戦闘は行われないまま、（第一次）長州征討は幕を閉じた。

何らの戦果もなかったことに、江戸幕閣は不満だったが、総督は、長州藩が恭順の姿勢を示し、責任者の処罰を行ったことで、現実的な解決と考えた。

長州藩の罪状承認を得ることと、長州藩への処分内容決定・執行は別の問題であり、総督府は前者をもって自己の任務の完了と見た。長州処分の決定は征長総督の権能を超えた問題であると判断したからである。（翌年二月二十七日、朝廷は慶勝の措置を朝廷が承認。）

この結果が、幕府の権威回復になったかは疑わしい。水野、阿部らが目論んだ、将軍親征によって幕府の武威を示すという成果が挙げられなかったからではない。（将軍親征を行うにせよ、行わないにせよ）老中幕閣が（意見の対立により）一致した方針を立てられなかったことが、幕府の弱体化を露呈する結果となった。

そうした形勢を盛り返すため、（将軍親征を巡る老中間の対立は続いたまま）幕府は第二次長州征討へと進むが、それは幕府の命運を決することにもなった。

（八）慶応元年（1865）第二次長征まで

忠績は憂い顔を隠さなかった。松平孫三郎は何も言わず、傍らに控えていた。

「上様のご上洛は避けられまい」

孫三郎に聞かせるでもなく呟いた。

再三の朝廷の要請を、これ以上は無視出来ないところまで来ていた。家茂にとって三度目の上洛であるが、今度はただの上洛ではない。長州征討のための将軍進発（親征）になる。

忠績が老中を罷免されてから、政局は目まぐるしく動いた。六月の政変の後、七月に禁門の変、同じく七月に遣欧使節の帰国（横浜鎖港交渉の失敗）、八月に四国連合艦隊下関砲撃事件、十月に第一次長州征討。

京から攘夷派が追放され、長州が朝敵となり、（横浜鎖港は絶望的となったものの）朝幕の融和を進め、開国政策へと転換する好機となり得た。幕閣はそう捉えた。しかし、将軍進発（親征）を巡って老中間で意見が割れ、合意が出来ないまま、長州征討は幕府にとって不満足な形に終わった。

実質的な戦闘は行われないまま、長征総督・徳川慶勝は十二月に撤兵を命じ、自身も年明け早々に広島を引き上げた。（元治二年は四月七日に慶応に改元。）

年が明けた一月、朝廷は長州の処分を決定するため、将軍・家茂の上洛を要請する。（一月十八日、朝廷は将軍・家茂に対して、「防長処置」は「即今之急務最皇国之大事」であるので、速やかな上坂を命じた。）

長州の処分は即ち朝敵の処分であり、その決定は中央政府に帰属すべきものである。それ故、朝廷は処分の方法、その決定の方式を重視した。朝廷は幕府・諸侯の合意を得た形で決定しようとした。前年三月に解体した参与会議のような朝幕・諸侯が合議して国是を形成する公会議をなおも構想していた。

それに対し、幕府は自らの裁量で処分を決定することを企図し、藩主・毛利敬親、定広親子の江戸への護送を命じた。あくまで幕府の専断的な主導権の回復を目指していた。

将軍上洛の要請に対して幕府はなかなか応じようとしなかった。（再三猶予を願い出た。）

このような朝廷の意向を拒み続ける老中幕閣の態度は、（何度も繰り返すが）春嶽などに言わせれば因循固陋でしかなかったかもしれない。

しかし、幕府にすれば、朝廷の望む方法で納得のいく決定がなされるか、またその決定に長州が従うかどうかは分からない。いやそれ以前に、そもそも議論がまとまるかどうか、それをも疑っていたかもしれない。（前年に）薩摩の動きを警戒して参与会議が分裂したように。実は、（後述するように）この時期、薩摩の政治方針が大きく変わりつつあった。幕府がその動きを察知していたとは思えないが、薩摩をなおも警戒していたことは間違いないだろう。

（将軍上洛の要請があった）この時期、幕閣では老中の意見対立が続いていた。第一次長征における将軍進発（親征）を巡る意見の対立である。

前述したように、進発賛成派だった水野、阿部、松前らは、朝廷と歩調を合わせ、将軍親政による長征によって、幕府の権威を回復し、朝廷との融和を図り、開国への転換を目指そうとした。一方、進発反対派の諏訪、牧野らは、将軍親征に反対し、（朝廷、諸侯、有司の影響を廃した）復古的な幕府の権威回復を目指そうとした。（復古派と呼んでいいだろう。）

そのため老中間での合意が出来ず、（復古派が優勢の故に）第一次長征では将軍進発がなかった。

第一次長征の結果に不満な幕閣は再度の長征を考えていたが、その際の将軍進発に対する意見の対立がなおも続いていた。

幕府にとっての長州処分は即ち再度の長州征討であり、将軍上洛は長征における将軍進発のためだった。

将軍上洛の要請に応じなかったのは、老中の対立（復古派の優勢）が続いていたからだった。


長州の処分を巡って朝廷と幕府の間で綱引きが続いていた最中の、二月一日、忠績は大老に就任した。この時点で、老中は、水野忠精、諏訪忠誠、本多忠民《ただもと》、牧野忠恭、稲葉正邦、阿部正外、本荘宗秀、松前崇広である。

忠績の大老就任の理由はどこにあったのだろうか。

この後、家茂が三度目の上洛をし、それが第二次長州征討につながることを考えれば、将軍の江戸不在が長期にわたる可能性が大きい。そうした事態に備えての、謂わば留守政府の陣容を整えておく狙いがあったのだろうか。

しかしこの時期には、幕府は将軍の上洛を回避しようという姿勢にあった（変化が見られるのは三月末以降である）。将軍上洛後の留守政府を考えていたとは思えない。逆に、将軍上洛の猶予を求める工作を行っている。

家茂が忠績の大老就任を決めたのは、老中間に意見の対立がある状況で、まとめ役となる人間を置く必要を感じた、ということではないだろうか。朝廷との綱引きが行われている時期に、幕閣のまとまりを欠いていては危険と思ったのだろう。そのためには、忠績は大老となる家格にあり、溜詰とは言え、当時の幕府の中での発言力は小さくなかったようだ。

もう一つ考えられることは、大老相当職である政事総裁（松平直克）の後任を押し付けられることを警戒したのではないだろうか。長州処分のイニシアティブをどちらが取るかという綱引きが行われている中で、文久改革のときのような人事（春嶽の政事総裁就任）が再び行われることを警戒し、大老を立てておくことによって、幕政への介入を防ごうとしたのではないだろうか。そうであるならば、大老職の復活は（諏訪、牧野らの）復古路線に沿うものと見ることも出来る。

では、忠績は復古派の一人だったのか。忠績自身は長州処分と将軍上洛についてどう考えていたのだろうか。

それを考えるために、第二次長州征討へと至る事態の推移を見ておきたい。

忠績の大老就任と重なる時期に、老中が二度上洛している。

一度目は、元治元年十二月十五日、松前崇広が歩兵部隊を率いて陸路入京した。前月の十一月に、若年寄・立花種恭《たねゆき》とともに長州に赴くはずだったが、長征軍の様子が江戸幕閣の見込みと違ったため、方向を変えて京に向かった。

二度目は、年が明けて二月に、阿部正外、本荘宗秀がやはり卒兵して上洛した。二月二十二日、両老中は朝廷の命により参内し、関白・二条斉敬より卒兵上京の趣旨（理由）を詰問され、将軍上洛の遅延を責められた。そして重ねて将軍上洛を命じられた。（強い調子で約束させられた。）

（阿部・本荘が京を去った後、二月二十七日、長征軍総督・徳川慶勝と副総督・松平茂昭が参内、天盃を賜る。長州に対する慶勝の措置が承認された。）

この二度の老中上洛の目的は、将軍上洛の猶予を求めるためだったが、経緯を見れば、その目的（役目）は完全に失敗に終わっている。猶予の願いは手厳しく退けられ、それまで以上に強く将軍の上洛を求められる（と言うより、事実上、約束させられた）結果に終わっている。

しかし、この老中の上洛には様々な見方（噂、憶測も含め）がある。

一つは、将軍上洛の猶予というのは表向きのことで、実は裏の役目（目的）があった。それは一橋慶喜を江戸に召喚することだった、という見方である。（一度目の）松前崇広の西上は長州御用が表向きの役目だったが、裏の役目は、慶喜を京から江戸に連れ戻すことだった。しかし、天狗党討伐に赴いていた慶喜とは入れ違いになり、関白・二条斉敬や京都守護職・松平容保から将軍上洛に努めるよう説得され、帰府することになったと言われている。

（二度目の）阿部・本荘両老中が上京を命じられたのは、松前・立花の任務失敗を受けて、その挽回のためだったと言われている。しかし両老中は慶喜とは会えず、一度目と同じ結果に終わった。

慶喜の江戸召喚は、一つには長州処分を江戸で行うためとも、また一つには天狗党との内通の疑いを慶喜に糺すためとも言われている。

文久二年一月の家茂上洛にあたり、慶喜は後見職として先行上京した。京での役目を重要視した慶喜は、随従する家臣を実家である水戸藩に頼った。一橋家は御三卿の一つとは言え、家臣の数が少なく譜代の家臣もいなかった。水戸藩から随従した家臣の中には藤田小四郎ら後に天狗党の乱に参加した人間が含まれていた。このことが天狗党との内通という疑いを生んだ。

江戸の幕閣が本気で慶喜を江戸に召喚することを考えていたのか、事実は分からないが、これは両者が意思疎通を欠き、江戸幕閣が慶喜を警戒し（慶喜は老中を信用せず）、互いに反目してさえいたことを反映した話ではないだろうか。

幕閣内の足並みの乱れは、老中間の意見対立だけではなく、京の一会桑政権と江戸幕閣（老中）と間にもあった。

慶喜の禁裏御守衛総督の就任は、朝議（京の政局）をリードする目的で、慶喜自ら望んだことであり、それによって一会桑政権が実現した。本来、一会桑は朝廷と幕府との橋渡しをする役目であり、朝廷と幕府の融和は、そして勅許を獲得して条約問題を解決するためには、一会桑と江戸幕閣との連携があってこそ成り立つはずだった。しかし両者は意思疎通を欠き、それどころか、江戸幕閣は一会桑に対し（朝廷の意向ばかりに振り回されるという）警戒感を持ち、慶喜に対しては不信の念さえ抱いていた。

慶喜を権謀術策の人間として警戒する傾向は以前からあり、禁裏御守衛総督の就任も、慶喜が政治を壟断する意図ではないかと見る向きがあった。（慶喜も自分の意図を老中に開示し説得に努めた形跡はない。）

天狗党内通の疑惑も、両者の意思疎通が欠けていた結果として生まれたものだと言えるだろう。

慶喜の江戸召喚（が目的だったかどうか）が事実にせよ、噂にせよ、江戸と京の幕閣内の反目に起因することは間違いないだろう。

しかし、将軍上洛の猶予を請うことが表向きの目的だったとしても、それが形ばかりの無意味な役目だったわけではない。阿部・本荘の江戸帰府後、三月十七日付で、老中七名の連署による将軍上洛の猶予を請う書簡が出されている。この時期、江戸は何とか将軍上洛を回避したいと考えていたことは間違いない。

二度にわたる老中上洛に対するもう一つの見方は、阿部・本荘両老中の上洛は、将軍進発を実現するための演出だったという見方である（奈良勝司『明治維新と世界認識体系』）。

禁門の変後、特に第一次長州征討が決定される時期以後、幕閣内では（将軍進発に反対した）牧野・諏訪両老中の発言力が大きかった。将軍上洛の猶予を請うために阿部・本荘を上洛させたのも、牧野・諏訪の意図だと思われる。しかし二度の上洛をした老中三名はいずれも将軍進発賛成派である。

これは不可解なことである。その人選の理由は分からない。（長征を前に横浜鎖港の猶予を取り付けた）阿部の（朝廷に対する）交渉力に期待したのかもしれない。しかし阿部ら（将軍進発賛成派）は、これに乗じて（好機と捉え）、関白・二条斉敬とも示し合わせ、朝廷から将軍上洛を強く要請され、将軍進発を実現する条件を整えた、というのである。実際、二度の老中の上洛後、朝廷の要請はより強くなり、老中の間でどのようなやり取りがあったのかは分からないが、三月末には、将軍上洛はやむを得ないという空気は幕閣内に広まっていたようである。

この時、忠績はどういう意見だったのだろうか。

（元治二年）一月十二日、京から帰府した松前崇広は、松平容保（守護職）・松平定敬（所司代）に宛てて書を認め、老中・本庄宗秀、阿部正外が率兵上京することを知らせている。両人に対し、朝廷（関白・二条斉敬等）から、厳命をもって将軍上洛を促すよう取り計らってもらいたいと願ったものである。

この書簡では、忠績に触れて「諸役人役替は、皆酒井、牧野、諏訪三人之手に成る」という一節がある。

松前は牧野・諏訪を強い調子で非難しており、老中間の対立の深さが伺えるが、松前の文が感情的とも思えるほどなので、どこまで正確に幕閣の状勢を書いているかは分からないが、忠績が（松前からは）復古派の一人と見られていたらしい。（同時に幕閣内での発言力が高かったことも伺わせる。）

恐らく忠績は将軍進発に対して、当初、慎重な態度を取っていたのだろう。しかし忠績を単に復古派と見るだけでは、後で述べるように、（将軍進発が決まって）牧野・諏訪が辞職したときに、忠績が大老のままでいられたことの説明がつかない。忠績は、二度の老中上洛の経緯から、家茂の上洛はやむを得ないと判断したのではないか。そこには家茂自身の決断があったかもしれないが、そうであったとしても、大老という幕閣の最高責任者として、将軍の決断を支える最終判断をしたのではないかと思われる。

三月二十九日、幕府は、毛利敬親・定広父子の江戸召喚を拒否すれば将軍が直ちに進発するので、予め準備をするように諸司に命じる。毛利父子が召喚を拒否することは目に見えていたので、これは事実上、将軍進発の宣言だった。

将軍上洛が避けられなくなった状況下の四月十九日、牧野・諏訪両老中が職を辞した。その経緯は明らかではないが、反対派が一掃された感のあるこの人事は、小さな政変と言ってもよい動きがあったのではないかと思わせる。

将軍進発派だった阿部正外・水野忠精らは、第一次長州征討の結果に大きな不満を抱いていたが、ここにきて将軍進発が実現し、長征のやり直しの機会が訪れたわけである。しかし、長州の処分をめぐる朝廷・諸藩の考えは（第一次長征時とは）大きく変化していた。

幕閣が将軍進発で固まったところで、四月、幕府は、長州に容易ならざる企てありとの理由をあげ、将軍進発を布達した。

しかし、朝廷と諸藩（第一次長征を構成した薩摩、越前など）は、長州処分の決定のための諸侯会議を主張していた。謂わば公儀政体の創出を期待していた。朝廷及び諸藩が望んでいたのは、そのための将軍上洛であり、長征のための将軍進発ではなかった。

一方長州藩では、攘夷・倒幕を目指す「正義派」とそれに反対する「俗論派」との対立が繰り返され、禁門の変の後、俗論派が台頭していたが、第一次長征後、クーデターにより正義派が政権を奪回し、軍制改革が行われ、幕府に対して、表向き恭順の姿勢を保ちながら（時間を稼ぎ）交戦の準備を整えつつあった。所謂「武備恭順」である。しかし幕府も朝廷もどこまで正確にその状況を掴んでいただろうか。

五月十六日、家茂は江戸を発った。阿部、本荘、松前が随行を命じられた。

閏五月二十二日、京に着く。その日に参内するが、朝廷は再度の長征に不賛成である。第一次長征総督・徳川慶勝の措置を承認したのだから当然でもあった。

朝廷・諸侯の合意のもとに長州処分の決定に手数を尽くすべしとの意向であり、再長征には改めて勅許を請うようにとの意向が伝えられた。（家茂は二十五日に大坂に移る。）

幕府が再長征を行うことは諸侯からも反対意見が出た。特に薩摩藩はこれを幕府の私戦と見做し、出兵要請があっても拒否する方針を固めていた。

薩摩は第一次長州征討後、藩の方針が大きく変化していた。

薩摩藩は島津斉彬の死後、久光が実権を握ると、朝廷を直接（幕府を介さず）支える形で諸侯会議をリードすることを志向した（目指した）ことはこれまで述べた通りである。しかし、上層部と下級藩士の思惑に乖離があったのは、薩摩も長州や土佐と同様だった。藩内の尊王攘夷派は「精忠組」を結成し、その領袖的存在は大久保一蔵だった。大久保は藩庁との抗争あるいは脱藩という方針をとらず、藩主（及び久光）を抱いての挙藩勤王の実現に努めた。同志の過激派の抑制にあたった功績が認められて藩の政務に参与するようになるが、（文久三年）八月十八日の政変の後、これまで久光の嫌忌をうけていた西郷吉之助が藩政に復帰すると、彼と結んで次第に久光の意向を超えて藩の動向を倒幕に傾けることに努めるようになった。それに伴い、長州藩に対する態度（考え）も変化する。長州における正義派のクーデター、その後の軍制改革の経緯などを見ていたのだろう。強硬だった態度が融和的になる。倒幕を実現させるには一藩の力では不十分で、互いの協力が必要と考えるようになったのだろう。幕府が第二次長征を発表して対立が決定的になると、一方で長州との接近を強め、慶応二年一月の薩長同盟へとつながる。

しかし幕府は将軍が進発した以上、あくまで長州征討を行う姿勢、方針である。

六月、幕府は安芸藩に命じて、長州支藩の徳山藩主・毛利元蕃《もとみつ》と同支族の岩国領主・吉川経幹《つねまさ》に大坂召命を伝えさせた。彼らは長州藩主・毛利敬親と協議のうえ、藩内の事情を理由に上坂を辞した。

八月、幕府は（徳山・岩国が上坂に応じられないのであれば）やはり長州支藩である長府藩主・毛利元周、清末藩主・毛利元純に上坂を命じた。長州藩はこれも拒絶した（「武備恭順」の下での時間稼ぎである。）

こうして六、七、八月と時が過ぎた。

長州藩が幕府の二度にわたる召命を拒絶したという結果により、九月二十一日、長州再征の勅許を獲得した。

しかし直ちに長征軍進軍とはならなかった。

同じこの九月に、江戸では幕閣が驚き慌てる事態が生じた。

英・仏・蘭の三カ国代表（公使）は、九月七日、横浜で会談。十一日には米も加わった四カ国の会談が行われ、下関事件の賠償金の三分の二（二百万ドル）を免除する代償として、条約勅許・兵庫先期開港・関税率改正を要求する覚書を作成し、連合艦隊を大坂湾に進出させて、将軍・家茂にその履行を要求することを決議した。

外国勢がこの時期にこのような要求を持ち出したのは何故か。突然の感はあるが、外国勢にすれば突然ではなく、条約問題がいつまでも進展しない（見込みも立たない）状況に業を煮やしていたのではないか。将軍・家茂が上京しているこの時は、朝廷と将軍とに同時に訴えることが出来る好機と考えたのではないか。外国勢は幕府の財政事情も知っていたに違いない。賠償金の免額を条件にすれば、要求も通り得ると見込んでいたのではないか。（兵庫開港は、文久元年からの延期交渉で１８６８年１月１日〈明治元年に当たる〉と決められていたが、その前倒しを要求した〈＝兵庫先期開港〉。日本最大の経済拠点と考えたからだろう。しかし京都に近いが故に朝廷が最も警戒する要求でもあった。）

江戸の幕閣は驚き、慌てた。若年寄・酒井正毗らを派遣し、横浜で四カ国代表と会合し、大坂湾廻航の中止を要請した。また別の日に、老中・水野忠精が横浜に赴き、同様の交渉を行った。しかし外国勢は要請に応じなかった。

そして外国勢は実力行使に出た。九月十三日に、四カ国艦隊が横浜を出航、十六日、兵庫沖に至り、示威行動を行った。

それに対して、九月二十三日、在坂の幕閣は老中・阿部正外らが海路大坂を発し、兵庫沖で四カ国代表と会見、折衝し、二十六日の回答を約して帰坂した。

二十五日、大坂城で将軍・家茂列席のもとでの会議で、兵庫先期開港に応じるほか対処の方法はないとの判断で、阿部は即時開港を主張し、松前の賛成もあって、一旦は受け入れに決定した。何より外国代表が上京する事態を怖れ、回避しようとした。（この情勢の中で、仏公使ロッシュは九月二十八日、幕府に対して、約束した十日間以内に条約勅許が得られなければ、自ら上京することを告げている。十月一日、四日にも同様の督促を行っている。）

ただ、その一方で、二十六日の回答は難しいとの見通しもあり、前日の二十五日に若年寄・酒井種恭らが兵庫で、四カ国使節から十日間の猶予を取り付けていた。

二十五日に幕議は一旦決定したが、翌二十六日に大坂城に入った一橋慶喜は、これに強く反対し、改めて将軍上洛の上、勅許を得ることが先決、重要だと主張した。十日間の猶予を得ていたので、幕議は一度白紙に戻された。（時間に迫られたとはいえ、朝廷の勅許を無視した点で、井伊政権の二の舞を演じる危険さえあった。）

慶喜はさらに、二十九日の朝議で阿部、松前両老中を非難し、これにより朝廷は幕府に両名の官位剥奪を命じた。十月一日、阿部、松前は老中を罷免された（「十月の政変」）。

その動きの中で、将軍・家茂は、自らの辞表と兵庫開港を主張した意見書を上表し、十月三日、帰東の途に就いた。それを知った慶喜、松平容保、松平定敬は伏見で出迎えて諌止し、翌四日に家茂は二条城に戻った。

将軍が辞職を願い出るなどという事態は前代未聞のことである。（これは後に慶喜が行った「大政奉還」とは意味が異なる。）

幕臣に大きな衝撃を与えたのは想像に難くない。家茂は臣下の話をよく聞き、時に自ら決断した、と前に述べたが、（事態の打開に窮した末のことかもしれないが）このような大胆な決断をもする人間だった。

この将軍職辞職の上表は、勅許を得ずに開港を決定しようとした（阿部・松前の意見を承認した）ことに責任を取ったとも、両老中に対する朝廷の処分への反発とも言われているが、さらに、開国派による計画的行動の一環という見方もある。これが計画的行動だったかどうかは疑わしいが、辞表と併せて兵庫開港の意見書が上表されていることから、そうした意図（朝廷に開国を促す）はあっただろう。

そして四、五日の二日間にわたって朝議が開かれ、慶喜は、条約及び兵庫先期開港の勅許を請う説得を行った。その結果、五日夜になってようやく孝明天皇から幕府に対して、条約は許可し、兵庫開港は不許可であるという旨の勅旨が下った。

朝議の場では、慶喜が以下のような恫喝に近い調子で関白以下の公卿を説得した。これも家茂の辞職上表の衝撃の余韻であると言えるだろう。

「斯くまで申し上ぐるも御許容なきに於ては、某は責を引きて屠腹すべし。某が一命は固より惜むに足らざれども、某若し命を捨てなば、家臣等各方に向ひて、如何なることを仕出さんも知るべからず。其御覚悟ある上は、御存分に計らはせらるべし」

十月七日、老中・本荘宗秀らが兵庫に赴き、四カ国に対し条約勅許および兵庫先期開港不許可の旨（朝裁）を告げ、兵庫開港、賠償金支払い、関税率改正等は別途談判する旨を約束し、四カ国は兵庫を退去した。

ここに至って、ようやく幕府の最大の懸案事項が解決し、条約勅許が実現したわけである。攘夷（破約攘夷）の（大義）名分は成立しなくなったことになる。（横浜鎖港は事実上棚上げのままであり、残った問題は兵庫開港だけになった。兵庫開港の勅許が得られたのは、延期された開港予定日を約半年後に控えた慶応三年五月二十四日のことである。）

ここまできて明らかになったのは、老中幕閣が、幕府が勢いを取り戻せれば、横浜鎖港の撤回や兵庫開港など、開国政策を専断的に実行し、勅許は事後にでも取り付けられると考えていたらしい、ということである。老中たちは、公武一和、庶政委任、長征における将軍親征などの政策によって、幕府の勢い（権威、威信）を取り戻そうとしたが、朝廷（孝明天皇）に対する説得の術を持っていなかった。幕府が朝廷に対して優位な立場に立てば（幕府の権威が失われていなかった時のように）、勅許問題は事後的に解決出来ると考えていたのだろうか。

それに対し、唯（と言っていいだろう）、朝廷（天皇）に直接の説得を試みたのが一橋慶喜だった。（既に述べたように）一度は（幕閣の賛意を得た上で）その機会もあったが、情勢によりそれが出来なかった。その後、禁裏御守衛総督に就任したのは朝廷工作（最終的には天皇の説得）を重視していたからだろう。しかし、慶喜と老中は意思疎通を欠き、反目さえしていた。在坂の幕閣である阿部、松前らが勅許を得ずに兵庫開港を進めようとすれば、慶喜と衝突するのは必然だった。

こうして条約勅許が実現すると、これまでの幕府（老中幕閣）の政策方針がいかに迂遠な道だったかと思われる。

条約勅許の実現には、（慶喜が主張得したように）朝廷（天皇）の説得が必要だった、と言うより、それしか方法はなかったことは明らかである。しかし（安政の政局とその反動に懲りた）幕府は、まず朝廷との和解（公武合一）とその上での庶政委任を取り付けることから始めた。しかし庶政委任が実現しても、朝廷の理解を得る（説得する）条件が整ったわけではなく、また、説得が出来る人材もいなかった。（春嶽や慶喜に期待する向きもあったが、老中との不協和音が絶えず、協力体制を取ることが出来なかった。）

堀田正睦が条約勅許を請うた時の勅答は「三家以下諸大名の意見を徴して評議し」とい

うものだった。この時から朝廷が求めたのは、朝幕諸侯の合議による国是だった。文久の改革において松平春嶽が主張したことも、元治元年の参与会議の構想も、長州征討及び戦後の長州処分問題においても、朝廷のみならず薩摩はじめ有力諸藩が望んだのも、そうした体制の確立だった。

しかし老中幕閣は朝廷・諸侯の介入を嫌い、あくまで幕府の専断的な統治の回復を目指した。この溝は最後まで埋まることはなかった。幕閣は、朝廷や諸侯の多くは定見を持たないが故、薩摩など一部の雄藩が事実上国政を率いることを恐れていた。少なくとも望ましい方向で議論がまとまることを全く期待していなかっただろう。

朝幕諸侯の合議（による国是）を信用しなかったのは慶喜も同様だった。元治元年の参与会議の構想をぶち壊したのは慶喜である。（それ以前はともかく）少なくともそれ以後は諸侯会議に期待することは全くなく、自ら今日の政局をリードしようと企てた。

幕府の威勢を取り戻し、朝廷の承認を得るには（天皇の説得が必要である以上）、慶喜と老中幕閣との連携が必要だったはずである。しかし両者は意思疎通を欠き、反目さえした。

何度も触れてきたが、文久の改革以後、しばしば幕府は幕閣のまとまりを欠いた。（文久の改革で）将軍後見職、政事総裁職、京都守護職は新たな幕閣として政治刷新を期待されたが、一橋慶喜、松平春嶽、松平直克、松平容保らは老中としばしば意見を異にし、対立した。さらには（長州征討では）老中の間で意見対立が生じた。

そうした幕府の状況は、その統治能力に対する有力諸侯の不信を生み、特に第二次長州征討の強行に対して、諸侯会議の開催を主張する勢力は強い抵抗を示した。中でも薩摩藩と幕府の対立が一挙に亢進《こうしん》する。（その流れが倒幕運動へとつながり、とくに孝明天皇の死後、顕在化する。）

話を条約勅許の時点に戻す。

四カ国との条約交渉で、長州処分問題は一時保留の間があったが、十一月に最終的な段階に入る。

その前に、十一月十二日、忠績は大老を罷免になった。十月の政変で、阿部正外・松前崇広両老中が罷免になった後、阿部らの外交政策を後押しして兵庫先期開港を主張していた閣僚が次々と罷免された。大老・酒井忠績、若年寄・酒井正毗である。（阿部らの後任として、板倉勝静、井上正直が老中に再任された。）

忠績自身は、その流れで処分される以上に自身の責任を感じていた。四カ国使節との交渉を江戸で完結出来ず、将軍と（場合によっては朝廷とも）直接交渉すべく、大坂に向かわせてしまったことに対して、またその結果として、将軍・家茂が朝廷に辞表を出す事態になったことに対して、留守政府の責任者として大きな責任を感じていた。

忠績の大老在任期間は一年に満たなかった（九カ月余）。江戸時代を通して大老は十人余を数えるが、忠績の任期は異例とも言えるほど短い。

（大老職の創置については諸説あり、就任した人数も〈十〜十三人の幅で〉説が分かれる。在任期間についても、家康・秀忠・家光に仕えた酒井忠世が就任後数日で病没した例があるが、忠世の大老就任を疑う説も少なくない。）

前に述べたように、幕末の政治状況が目まぐるしく変化し、特定の人間が長期間にわたって指導力を発揮することが難しくなったのであるが、言い方を変えれば、それまでにない政治的判断・決断を迫られることがしばしばあり、責任を問われる場面も少なくなかったということである。

板倉勝静、井上正直が老中になった体制で、幕府は第二次長州征討へと駒を進める。

十一月に、幕府は大目付・永井尚志、目付・戸川三郎を広島に派遣し、改めて長州藩を尋問した。十二月十八日に復命し、その報告を基に処分の方針を議論するが、結論が出ぬまま年を越した。

明けて慶応二年一月、一会桑と在坂老中との間で議論。（この時の在京老中は板倉、小笠原、井上、本荘の四人。板倉と小笠原が京と大坂を往来した。）

漸く議論がまとまって合意し、幕府は処分案を決定した。処分の内容は、十万石削封、毛利敬親を蟄居隠居、定広を永蟄居に処し、家督相続は別に定めること、益田・福原・国司の家は永世断絶、以上である。

二十二日、幕府は処分案を（朝廷に）上奏し、勅許を得た。（その前日の一月二十一日、薩摩と長州の間で薩長連合が成立する。）

（九）慶応二年（1866）以後　第二次長征以後

長州征討の勅許を得た幕府は、二月、処分内容を長州藩に伝達しこれを執行するため、老中・小笠原長行を広島に派遣した。

小笠原は長州藩主父子・支藩主および老臣の広島出頭を命じて再度に及んだ。長州藩は呼び出しに応じず、名代をもってそれぞれにかえ、また、延期を求めるなど引き延ばし作戦に遭い、処分内容を伝えたのが（何と）五月一日である。

小笠原は処分内容を伝え、請書提出の期限を五月二十九日とし、提出がない場合、六月五日を以て総攻撃を行うことを公示した。長州藩は請書を提出しなかった。

これにより第二次長州征討（幕長戦争）が始まった。

六月七日、戦いは、幕府から大島への砲撃に始まり、次いで、芸州口、石州口、小倉口における交戦が始まった。

しかし、広島藩が出兵を辞退、岡山池田藩も応じず、薩摩・安芸の両藩も出兵を拒否し、幕府側は出だしから足並みが揃わなかった。

それに対して長州側は洋式の兵器で装備され、士気も上がっていた。戦局は長州軍の優勢のうちに進行した。

大島で幕府軍は駆逐され、石州口も長州軍が占領した。

この時、幕府側には別な懸念が、幕軍を動揺させかねない事態が生じていた。将軍・家茂が病に倒れたのである。

年若い身で度重なる重圧に常ならぬ緊張を強いられ、精神的にも肉体的にも無理を重ねてきたことは想像に難くない。

長州征討が始まる前から既に家茂の健康は常態ではなかった。六月には床に臥せっており、七月に入って病状が悪化した。

大坂城の医師による『御容躰書』には、四月下旬から胸痛、六月上旬に咽喉糜爛《びらん》、胃中不破、六月二十四日両足水腫（脚気だと言われる）、七月一日嘔吐苦悶などとある。

家茂が危篤状態にあることは慶喜、容保、定敬らは知っていたが、一部の人間以外には隠されていた。

そして七月二十日、家茂は死去した。しかし幕府は喪を伏せた。長征を継続させるためであり、また次の将軍が決まっていなかったからである。

老中・板倉勝静が慶喜の将軍職相続に動く。何度も述べたように、慶喜は必ずしも老中幕閣との関係が良好とは言えなかったが、家茂に子がなく、この非常時に将軍に立てられる人間は他にいなかった。

慶喜は、宗家相続は受諾するが将軍職就任は拒否した。家茂の喪を秘したまま、将軍名代として長州への出陣を公表する（八月十二日の予定）。

しかし、出立前の八月一日、小倉が落城し、小倉口の戦いは崩壊した。

この報に接した慶喜は、戦況の挽回は不可能と見て出陣を中止し、幕府は家茂の喪を発し、朝廷は休戦の沙汰書を下した。

勝海舟が広島に派遣され、長州藩との間に休戦の交渉が成立した。九月十九日、幕府は長征軍に撤兵を命じた。幕府の軍事的威信の凋落はここに露呈したのである。

将軍家茂の喪が発せられたのは八月二十日である。公式にはこの日に亡くなったことになる。

家茂は慶喜との後継者争いにおいて、血統の正統性を重視されて十四代将軍となった。が、そればかりでなく、温順な性格、それでいて実正な姿勢により、幕閣・幕臣から強い忠誠を得ていたと言われる。松平春嶽や勝海舟などもその人柄を愛していたと言われる。皮肉な話だが、慶喜が英明であるという評価の半面、権謀術策を弄する人間として幕閣の反感を買ったことと対照的に、実直な人柄が老中幕閣の敬愛を受けた。

忠績も家茂の人柄を愛した一人だった。

年少の身でありながら、過去に例のない難局に直面し、それに真摯に向き合おうとする態度を、悲壮さを感じさせるのではなく、運命を潔く受け容れようとする姿勢を敬愛していた。この将軍を守らなければならぬ、そういう気持は、一旗本の身から大老にまで昇格した忠績には人一倍強かった。

それだけに、今は江戸にいる自分が、大坂にいる家茂の訃報に接して、この将軍を守り切れなかった、と悔やんでいたのではないか。或いは、これで己の役目は終わったと感じていたか。

十一月になって、慶喜はようやく将軍職を継ぐことを決意する。十二月五日に将軍宣下が行われた。十五代将軍・徳川慶喜となった。この最後の将軍の治世は、その始まりから波乱を迎えた。

慶喜の将軍就任から二十日後、十二月二十五日に孝明天皇が薨じた。これは幕府にとって、家茂の死去以上に不運なことだったと言える。

孝明天皇は、幕府が(公武一和のために)攘夷奉承をしなければならなかった原因となった人間だった。しかし同時に、誰よりも幕府の存在を重視した人間でもあった。彼の政治思想は、幕府こそ最大の尊王であるべきというもので、事実、京都守護職の会津藩主・松平容保を誰よりも信頼した。孝明天皇の存在があるゆえに、幕府の公武合体政策はあり得、幕府の主導権を回復する可能性もあった。

孝明天皇は病死とされているが、毒殺ではないかとの陰謀説もささやかれている。倒幕論者にとって、孝明天皇は邪魔な存在だったとも言えるからである。陰謀説の真偽はともかく、孝明天皇の死後、実際に、倒幕運動は顕著になった。

年が明けて、慶応三年二月、忠績は隠居し、養子（実弟）の忠惇に家督を譲る。（忠惇はこの年十二月三十日に老中となる。）

やはり、家茂の死去（それに続く孝明天皇の死去）で、己の役目は終わったと考えたのか。忠績の政治家としての人生は、井伊体制の崩壊後、将軍・家茂を支え、慶喜体制（大政奉還へとつながる道）への橋渡しだったと言えるかもしれない。

これから、慶喜の治世、幕府倒壊までの歴史を簡単にたどっておきたい。

慶喜は就任後、早速外交問題や軍制改革を含む幕政改革に取り掛かる。しかし、孝明天皇亡き後の京の状勢が予断を許さなくなっており、目を離すことが出来ない。慶喜は京を離れることが出来なかった。京に滞在したままの体制で、幕政改革や外交問題に取り組まなければならなかった。

徳川慶喜は、改革の方向性について、フランス公使ロッシュに助言を求めることが多かった。幕府との提携を強め、対日貿易の優位を企画していたロッシュは、フランスをはじめ西欧列強の体制を下敷きにして、広範な改革案を提示した。幕府は、これを参考にしながら、広範・多岐にわたる改革を進めた。

ロッシュの提言・指導により、幕府の各部門のトップとなる老中を「総裁」とする体制を採用する幕政改革を行った。

慶喜の将軍就任の直後、慶応二年十二月二十七日、松平乗謨を陸軍総裁に、稲葉正巳を海軍総裁に任命した。これは時局に鑑み、軍制改革を他に先駆けて急いだためであるが、陸・海軍総裁は、文久改革や長征軍編成などの際に、臨時に設けられた役職であり、馴染みがあった。

それから数カ月後の（慶応三年）五月六日、稲葉正邦を国内事務総裁に、十二日、松平康英（康直）を会計総裁に、六月五日、小笠原長行を外国事務総裁に任命した。

これで陸・海軍・国内事務・外国事務・会計の五総裁の体制が確立し、老中の分掌を明確にした。それに伴って月番制を廃止し、その上に（首相に擬して）板倉勝静をおいた。

（慶喜が東下出来ないので）仏公使ロッシュは（慶応三年）二月に来坂し、慶喜ほか幕閣と会見している。

ロッシュ以後、各国の代表が相次いで来坂し、三月二十五日から四月一日にかけて、英、蘭、仏、米の代表と会見する。外交の主権（即ち国家の主権）が幕府にあることを諸外国にアピールする場となった。

三月二十五日、英国と内謁、二十六日に蘭、二十七日に仏と。二十八日、英仏蘭と公式謁見。二十九日、米国と内謁、四月一日、公式謁見。

この中で重要だったのは、三月二十五日の英国パークスとの会見である。慶喜はパークスとの内謁で兵庫開港を確約した。英・パークスが薩長寄りだったことから、敢えて大胆な発言（約束）をしたのだろう。（この時点で慶喜にどれだけの成算があったかは分からない。）

慶応元年十月五日に条約の勅許がおりたが、兵庫開港は不許可のままこの時に至っている。慶喜がパークスに兵庫開港を約束したとの情報を得た薩摩は、これを材料に幕府を追い込むことを計画した。薩摩藩は、第二次長征に反対して、幕府を見限り（離反して）、長州と結び、大久保や西郷が中心となって倒幕の推進役となっていた。

兵庫開港は正確には、大坂開市・兵庫開港である。延期交渉の結果、諸外国に約束した期日は、慶応三年十二月七日（1868年1月1日）である。半年前に公布するためには、五月二十三日の朝議で決めなければならない。

薩摩は四侯会議（松平春嶽、伊達宗城、山内容堂、島津久光）を計画した。参与会議の縮小版である。ここでまとまらなければ朝議で開市・開港は決まらないとの読みである。もはや政策論議ではない。幕府を追込み、倒幕の口実を作るためのものである。

しかし四侯の足並みが揃わず、会議は機能しない。開市・開港は、直接二十三日の朝議に持ち込まれた。そこで慶喜は一昼夜ぶっ通しの粘りを見せ、翌二十四日の夜になって、最終的に摂政・二条斉敬が決断した。

大坂開市・兵庫開港は勅許された。慶喜（幕府）は辛うじて薩摩の企みをかわし、危機を切り抜けた。

大坂開市・兵庫開港の不許可は、（条約勅許を得た）幕府にとって、喉に刺さった小骨のように、最後の課題になっていた。それが取れ、開国政策を妨げるものは何もなくなった。言い換えれば、開国政策は国是となったわけで、攘夷論者が幕府を非難する余地はなくなった。

開国が国是となったことで、新政府は幕府の外交政策をそのまま引き継ぐことが出来た。ここで、歴史の「もし（ｉｆ）」を考えてみたくなる。

幕府が「もし」条約及び開港の勅許を得られないまま倒幕されていたら、と。その場合、倒幕の名目である「攘夷」は活きていたわけであるから、新政府は、攘夷から開国への政治方針の転換をどのように説明しただろうか。攘夷の名のもとに幕府を討伐したにもかかわらず、攘夷は捨てた、開国する。新政府はどのような論理でそれを表明しただろうか。

薩長を中心とした倒幕を進めた人間は、攘夷など不可能であることは分かっていた。倒幕後の政治方針の打ち出し方も、当然考えていたはずである。新政府は朝廷を手中にしていたのであるから、勅許を得ることは意のままであり、どのような形にせよ政治方針の正当性を主張することは出来ただろう。

しかし、それまで攘夷を奉じていた多くの国民（主に武士階級）に対して、どれだけ納得のゆく表明が出来ただろうか。（開国が国是となった）現実の歴史に於いても、維新後、攘夷派の過激な行動は少なくなかった。素朴に攘夷を信じていた下級武士にとって、開国への転換は容易に理解出来なかった（受け入れられなかった）。ましてや、攘夷の名目が活きたまま、倒幕後の新政府が開国を打ち出したならば、どうなっていただろうか。

慶応元年の条約勅許も、今回の大坂開市・兵庫開港も、慶喜のパフォーマンスによって実現した。薩摩ら討幕派にとって、油断のならない存在に映っただろう。

しかし、政局はすでに倒幕に向かって動き出していた。攘夷の実行とは全く別の、倒幕の大義名分を探っていた。

雄藩の間では幕府包囲網とも言うべき連携工作が行われる。

六月二十二日、薩摩藩と土佐藩の間で盟約書が交わされた。薩土盟約（同盟）の成立である。

盟約文は、大政奉還・公儀政体の創出に向けての両藩の協力を謳っている。その後、倒幕挙兵を考えていた薩摩藩との思惑の違いから、土佐藩は独自に大政奉還運動を進めることになった。ここに薩土同盟は（形の上では継続したが）事実上崩壊した。

土佐藩で大政奉還の建白書が作成され、九月三日、老中・板倉勝静に提出した。この建白を慶喜は受け入れた。十月十二日、在京の幕臣を二条城に集めて、政権返上の決意を述べた。十三日には在京諸藩の重臣が集められ、同様の趣旨を伝えた。翌十四日に上奏、十五日に、慶喜が参内し、勅許を受けた。

大政奉還、つまり政権返上論は家茂時代に松平春嶽や大久保忠寛らの提言にも見られた。これは朝廷に対する一種の戦略論でもあった。幕府側（将軍）が政権返上の覚悟を示すことによって、朝廷に生半可な決断は許さない、という意思を伝えることである。もし実際に幕府が政権を投げ出したら、朝廷が政治上のすべての責任を負うことになるはずだからである。（春嶽の場合は、単なる戦略論としてばかりでなく、政権返上の後、朝廷・幕府・諸侯の合議による国是を探る公儀政体を構想していた。）

しかし、将軍（幕府）が実際に朝廷に対して政権返上を表明することはなかった。（家茂の辞職上表は、家茂個人の辞表であって〈誰かが次期将軍となることを前提としており〉政権の返上ではない。）

慶喜が大政奉還の上表をしたのは土佐藩の建白が直接の動機であるが、薩摩らの倒幕の動きを察知していたのと同様に、大政奉還の建白についても情報を掴んでいたらしい。従って、建白があった時点で、慶喜の決意はほぼ固まっていたようである。

幕府が政権を返上しても、その先にどのような政治体制になるかは幾つかの可能性があった。朝廷は僅かの公家を擁し、所領も限られ、一兵卒の軍事力も持たない。徳川家が政権を返上して新たな政体を作るとすれば、有力藩の協力がなければならない。いま、薩長を中心とする雄藩が政局をリードしようと企てているが、政権を返上しても徳川家が最大の財力と軍事力を有していることに変わりはない。公儀政体を採り、諸藩が政治決定に参加したところで、最有力の徳川家の賛同なしには立ち行かない。新たな政治体制になっても、徳川家は有力者としての地位を保ち得ると考えていたかもしれない。（事実、新政府において、慶喜を重要な役職に就ける構想もあった。）

武力討伐を狙う薩摩は長州や岩倉具視ら一部の公家と謀り、大政奉還の上表の日、十月十四日、倒幕の密勅が出ている。しかし、慶喜が大政奉還の建白を受け入れたことにより、薩摩は挙兵の口実（名分）を失い、往なされた格好になった。が、これも一時の延命策だった。薩摩側も（慶喜と同様に）薩土盟約の経緯から、大政奉還の建白を知っていた筈であり、武力討伐の方針を変えるはずもなかった。

十二月九日、王政復古の大号令が発せられた。武力討伐派による王政復古の宣言であり、これはつまり、クーデターによる政権転覆である。

（摂政・関白・征夷大将軍を始めとする）従来のすべての職は廃され、総裁・議定・参与の三職によって構成される新政府が設立された。総裁には有栖川宮熾仁親王、議定には皇族・公卿および尾張・薩摩・越前・安芸・土佐の藩主（または前藩主・世子）、参与には公家および前記五藩に加えて肥後・長州の藩士（各三名）が任ぜられた。すなわちこの新政府の性格は（クーデターに参加した）諸藩連合政権と言うべきものだった。

新政府は、徳川慶喜を政権から排除するとともに、辞官・納地（官職・所領を朝廷に返上）を命ずることを決定した。

それに対して慶喜は京都から大坂城に退いたが、そこで十六日、諸外国公使を引見し、依然として対外的には自分が主権者である旨を声明した。最後の抵抗である。また幕臣も反撃に出るべき旨を進言し、幕軍が大坂に集結する。が、慶喜はすぐには動こうとしなかった。

新政府内では、戦乱は回避しようと考える公儀政体派の発言力が次第に大きくなり、辞官・納地問題も当初の方針が緩和されてゆき、慶喜が新政府の一員として復活出来るような途も見えつつあったからだった。

しかし薩長の武力討伐派は、あくまで開戦の途を探り、また江戸では挑発に乗せられた幕府側が三田の薩摩藩邸を焼打ちして軍事発動をするに至り、翌年（慶応四年↓明治元年）正月三日、鳥羽・伏見に於いて両勢力が武力衝突することになった。（「戊辰戦争」の開始。）

政府軍は鳥羽・伏見の戦いに勝利し、朝廷は七日、慶喜追討令を発した。以後、天皇の親政・親征を建前に、討幕派が新政府の主導権を握り、徳川慶喜、会津・桑名藩などの朝敵を追討し、かつ諸道を鎮撫するための軍隊を派遣し、幕府軍は敗走を続けた。

追討令の出る前日の六日夜、慶喜は京都守護職・松平容保、所司代・松平定敬、老中・酒井忠惇、板倉勝静を伴って大坂城を脱出し、江戸へ向かった。幕府軍は見捨てられた格好である。

政府は三月十四日に五箇条の御誓文を発表し、閏四月二十一日に政体書を公布した。御誓文は新政府の基本方針であり政体書はそれに基づく具体的な運用規定であるが、これが新政権の成立宣言となった。

江戸に戻った慶喜は絶対恭順の姿勢を貫いていたが、四月十一日、江戸城が開城され、徳川幕府は名実ともに滅亡し、新政府による国家構築が始まる。

七月、江戸を東京と改め、十月には天皇の東京行幸が実現し、遷都への第一歩が踏み出された。

五月二十四日には、田安亀之助（徳川家達）を駿河府中藩七十万石の城主とすることが決まり、徳川氏処分が最終的に決着した。

老中・酒井忠惇は、鳥羽・伏見の戦いで徳川慶喜に随行し大坂退去にも同道したので、戊辰戦争では姫路藩は朝敵の名を受け、官軍の討伐対象とされた。

在国の家臣は（明治元年）一月十七日に無血開城して姫路城は岡山藩に占領されるが、三月七日になって藩主忠惇の官位剥奪と入京禁止が命じられ、会津藩などと同様に慶喜の共犯者と見做された。慶喜が江戸城を無血開城して恭順の意を表明すると、江戸藩邸にいた忠績・忠惇もそれに従って新政府軍に降伏した。

（鳥羽・伏見の戦いの責任を問われた）忠惇は江戸で蟄居し、同じく江戸にいた忠績も謹慎していたが、（官軍に対して）憤懣やるかたない忠績は五月五日に江戸城の新政府軍大都督府に対して、謹慎の姿勢を貫いている徳川家の処遇についての不満とともに、酒井家は徳川家譜代の家臣であり、徳川家との主従関係を断ち切ってまで朝廷に仕えることは君臣の義に反するので（天皇家の臣として相並ぶことを拒絶し）、この際、所領を返上したいとする嘆願書を提出する。

忠績は、頑なまでに徳川家に対する忠義の態度を示した。これも家茂に対する忠誠心、或いは家茂に対して十分な働きが出来なかったことへの自責の念だろうか。

姫路藩は、五月二十日に、蟄居する忠惇に替り、分家上野伊勢崎藩・酒井家から迎えた酒井忠邦に藩主の地位を譲り、軍資金として十五万両を新政府に献上することで藩の存続を許されたが、朝廷（天皇家）・新政府に臣従することを拒否する忠績への対応に迫られることになった。しかし、忠邦や重臣たちの説得には応じず、蟄居中の忠惇も忠績に同調する態度を示した。

もとより遠縁の別家から養子に入ったばかりの数え年十五の忠邦の言葉に聞く耳を持つ道理もなく、忠惇までもが忠績の考えに賛同する有様で埒が明かなかった。

七月二十三日、新政府は家老の高須隼人、重臣の河合屏山に対して、忠績・忠惇の言動の背景には彼らの側近である佐幕派の影響があるとして、その処断を迫った。そのため、高須らは佐幕派の粛正に乗り出し、自害四名、永牢七名など多数の家臣が処分された（「戊辰の獄」）。

九月十四日、忠績は実弟の忠恕《ただよし》（静岡藩家臣、忠惇の実兄）に預けられた。後に忠惇も静岡藩に身柄を移され、明治二年九月二十八日に赦免されて同じく忠恕に預けられた。

こうした事情からか、明治元年十一月に河合屏山の進言で、諸藩に先駆けて版籍奉還の建言書を提出する。（版籍奉還が諸藩に対して命令・実施されるのは、明治二年六月から。）

版籍奉還が実施されると、姫路藩は姫路県となり、飾磨《しかま》地方の諸県と合併して飾磨県となるが、明治九年に飾磨県は廃止されて兵庫県に合併された。

華族に列した藩主家は明治二十年に伯爵を受爵し、明治二十二年には、隠居の忠績、忠惇に男爵が授けられた。

おもな参考文献

『近世日本国民史』　徳富蘇峰著
『江戸幕府崩壊　孝明天皇と「一会桑」』　家近良樹著
『幕末の朝廷　若き孝明帝と鷹司関白』　家近良樹著
『幕末の天皇』　藤田覚著
『徳川の幕末　人材と政局』　松浦玲著
『最後の将軍　徳川慶喜』　司馬遼太郎著
『幕末の将軍』　久住真也著
『播磨　城主たちの事件簿』　播磨学研究所編
『明治維新史論集1　幕末維新の政治と人物』　明治維新史学会編
『幕末期の老中と情報　水野忠精による風聞探索活動を中心に』　佐藤隆一著
『明治維新と世界認識体系　幕末の徳川政権　信義と征夷のあいだ』　奈良勝司著
『江戸の旗本事典』　小川恭一著

【著者紹介】
河野　愉一（こうの　ゆいち）
1954 年　東京生まれ
1979 年　東京大学文学部卒業
同年　　朝日新聞社入社
2019 年まで勤務
現在　　自由業

小説《しようせつ》・最後《さいご》の大老《たいろう》

2023 年 9 月 7 日　第 1 刷発行

著　者 — 河野《こうの》　愉一《ゆいち》
発行者 — 佐藤　聡
発行所 — 株式会社 郁朋社《いくほうしや》
〒 101-0061　東京都千代田区神田三崎町 2-20-4
電　話　03（3234）8923（代表）
ＦＡＸ　03（3234）3948
振　替　00160-5-100328

印刷・製本 — 日本ハイコム株式会社

落丁、乱丁本はお取り替え致します。

郁朋社ホームページアドレス　http://www.ikuhousha.com
この本に関するご意見・ご感想をメールでお寄せいただく際は、
comment@ikuhousha.com までお願い致します。

 ISBN978-4-87302-795-1 C0093